三日月

三日月

輕世代
FW008

出包魔法使 2

目錄

出包魔法使

人物設定

利莉

性格：天真浪漫，對任何事情都保持著高度的好奇與濃厚的興趣，不管遇到任何狀況，永遠都維持著十足的活力與自信，樂觀而活潑。

技能：加速魔法

最喜歡的：流馬、蛋白，所有好吃的食物

最討厭的：游泳

流馬

性格：表面上非常大而化之、十分善於融入群體與陌生人交流，屬於團體中的領頭型人物。實際心思非常細密、非常重感情，對於認定的人、事、物，會不惜一切去保護。

技能：冰之幕、持續型魔法

最喜歡的：利莉

最討厭的：卡娥絲

楔子

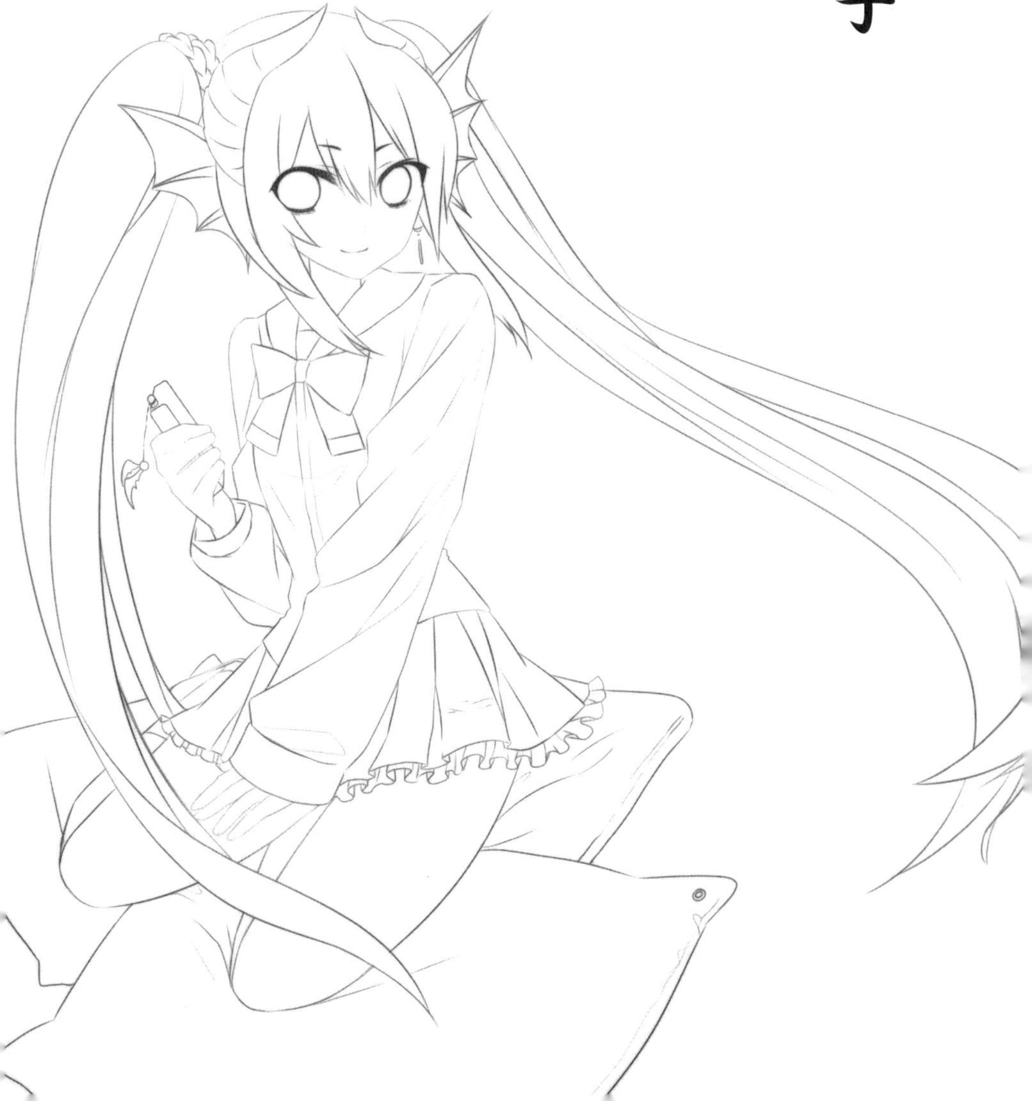

每次望著變成人類再回來找我的月兒，我總會感到非常困惑。說什麼變成人回來的動物……這明明是出現在童話故事裡的超現實情況。事實上，就算跟她同居了一個月以上，我仍然不敢相信眼前發生的一切就是現實。

然而，每當看到她那對兔子耳朵，偶爾撫摸她的耳朵、看著她的反應時，我也只能被迫接受這個事實——以前逗著、老是黏著我的兔子回來了，而且還是個女生。

同時，還必須接受另一個殘酷的現實，那就是即使以人類的形態活著，他們也還是要面對死亡的恐懼。

那日聽完校長所講的事之後，我就總覺得最可憐的不是我們，其實，是這些被製造出來的魔法生物。

如果還是動物狀態，每天無憂慮地生活，那樣子才是最幸福吧？

所以，看著他們我就更加不懂夏洛克創造這個遊戲的理由到底是什麼？

那句「慾望總會令人類失去什麼」的真正意思，又是什麼？

又或者，這根本只是他個人的一場鬧劇吧？

每當我看著月兒，想到這點，我就愈來愈感到不服氣。

我極度想終結這場無謂的鬧劇，可卻不知道怎樣下手。

唯一能提供線索的卡娥絲，每回只要我一問過去那些關於夏洛克的事，她總會刻意避開話題，不是從自己的書包裡趕緊拿出一本書把頭埋進去，不然就是拋下一句「那時我還小，連記憶都沒有」的，直接堵住我的問題。

我無計可施。

我實在……不想看到有任何魔法生物死亡，離開自己主人的身邊。不單單是月兒，就算面對其他魔法生物和操同使，我都是抱著這種心情。

單是利莉對流馬的感情，我光看著就已經心疼得有種為何還要下殺手的感覺……現在的利莉，完全在享受著成為人類的樂趣。她可以若無其事地跟任何人互動交流，就像寵物咖啡廳中不怕人的貓咪那樣。

她完全是月兒的相反。

月兒從來只是一直待在我的身邊，安靜地聽世音講著她還有自己的事情。我的目光，停在月兒以及一旁正督促她功課的世音身上，遲疑了片刻，轉向獨自窩在單人沙發上的卡娥絲。

「每次都這樣子，真的好嗎？」我終於按捺不住開口。先前明明說過要進行訓練，可進來這裡將進一個月卻都沒有進行過。

「流馬又不在，利莉也是……有些事，人沒齊是不能做的。」卡娥絲依舊埋頭看著書。

「……有些事是指？」

「輪舞曲啊。」卡娥絲說道，稍微把書拉低露出眼睛望著我們。

聽到輪舞曲這個詞的，世音不著痕跡地打了個冷顫，不自主地抬頭望了卡娥絲一眼，而後又把目光都放回月兒的上。

這個詞，我聽了也感到一陣雞皮疙瘩泛起。

「還以為沒有了那回事，沒想到還真的要跳咧。」我不禁吐槽了一下。

那種舞蹈真的要跳嗎？手拉著手圍成一個圈轉啊轉，雖然我也聽過這種舞蹈，但不是用來作打氣性質又或是增加士氣嗎？

我實在……完全不懂那個世界的邏輯啊。

「有什麼問題嗎？」卡娥絲微瞇起眼睛瞪著我。

「算是有……這種舞跳起來好像會令人有點害羞……」我不置可否地聳聳肩膀。

「笨蛋。」卡娥絲罵了句，重新又再把臉埋進書去，「那是締結現實與魔法世界的必要儀式啊！」

「那到底有什麼關聯呢？」我再度追問。

卡娥絲大大嘆了口氣，抬起頭看著我半晌，卻答非所問：「對了，他明明說今日有事跟你們說的，但到現在卻沒來……」

「他？誰？」

「維爾啊！」卡娥絲拋下書，走到窗口向外眺望。

我挑了下眉，「又有什麼事想說嗎？關於這個社團？」

「算是吧……」

「……該不會要收社團費什麼的？」我半開玩笑地說道。

「才不是咧！一會你就知道啊。」卡娥絲沒好氣地向我扮了個鬼臉。

話才剛說完，門邊傳來了開鎖的聲音。

「維爾……校長。」我起身向那道走進社辦的身影行禮。

除了卡娥絲外，其他人也站了起來向他敬禮。

「在這裡就不用那麼拘謹啦。」維爾苦笑著揮揮手。

「那我就先離開了。」卡娥絲說著，拿起自己的東西就向門口走去。

「不聽嗎？」維爾校長溫和地望著她。

「不想聽！待會見。」她擦身走過維爾校長身邊，頭也沒有回地把門關上。

維爾校長望著門良久，之後就走了過來坐在卡娥絲的位置上。

「總覺得，她好像在逃避著什麼。」世音望著門口說道。

「這嘛……她最近跟我說，冬司同學老是想聽關於夏洛克的事。」維爾校長若有所思地望著我。

「卡娥絲會很討厭那個人嗎？」世音心直口快地追問：「連聽也不想聽的事。」

「……那是理所當然吧。」我想也不想地回答了世音。即使沒辦法了解全盤的真相，但從那些片段的敘述拼湊，再加上月兒還有其他魔法生物必須面對的命運，我都有理由相信，夏洛克，是罪大惡極、令人厭惡的存在。

「你肯定？」世音皺眉望著我，似乎想說些什麼……

維爾校長卻先一步開口：「冬司同學，還記得一個月前天台上，我跟你說過的那番話嗎？」

我點點頭，「當然記得。」

「但當時，我還沒說完關於那個人的事。」

「……那個人？」我重複了這三個字，的確印象中還記得那個時候的校長，總會提及到「那個人」這個字眼。

「假如她並沒有做出那些事……」維爾校長苦笑，語帶艱澀地呢喃著：「應該說假如我肯去面對的話，就會沒有今日的所發生的事。」

我跟世音交換了個眼神，有些意外地望著校長不同尋常神態。我在等，等著這段時間以來一直在探詢的過去的真相，被全盤揭露開來。

「我曾經也是個無知的人……」經過了一陣沉默之後，校長終於開了口。

ch1 屬於過去的記憶

以下這一段文字，完全是屬於維爾校長過去的記憶。

為了忠實呈現，我採用第一人稱的方式記錄：

說起來，或許你們會不相信吧……

但我也曾經是個無知的人，總是順著別人的眼光去作無謂的決定。過去或是現在，依然是如此。

不過即使到現在，我還是覺得自己會到那個世界根本是個錯誤。

原本，我只是個不懂事的少年，和年老但仍充滿精力的爺爺相依為命。

我的家鄉，曾經是個旅遊景點，每天都充滿著世界各地而來的旅客。不過就算人再多，我的家鄉總散發著一種純樸而優美悠閒的氣息。

我很喜歡待在這裡。儘管每天只是打打工、混口飯，但能夠出生在這個地方，在喜歡的地方做事，我覺得人生就這樣過也十分美好。

直至某一日，我的人生劇烈的轉變。

由於是旅遊熱點，我的家鄉鄰近一片未開發的樹林。

那樹林從沒有人敢跑進去，不過我從一出生起，倒也沒見哪個村人因為進了那座樹林而出意外。

事實上，唯一的有記載上歷史上的，就是大概是上幾代時，樹林裡跑出了幾隻未知怪物襲擊這村莊。

當時，祖先們都花了很大的力氣和心力才保護到這個村莊，當中不乏外援的魔法使和騎士們。

之後王都便派人進森林去探索了，但卻未曾公開一些資料。

所以，我們仍然對這個森林很陌生。

那晚，我如常在回家之路上走著。

忽然，警戒的嗚嗚聲響起。

我往天空望去，那一瞬間，在我面前從天而降的是我從來都沒有見過的生物。那些生物擁有著巨大的人類身軀，背後有著兩對羽翅和揮舞著四隻手。

「——怨靈！」我立即回頭拔足狂奔。

還以為只是唬人的傳說，沒想到這些怪物竟然是真實存在！牠們從哪裡來？為什麼要襲擊這個村莊？當下我根本沒時間去思考這些問題，腦海中唯一想到的念頭只有不斷地跑！不斷地跑！

房屋被破壞的爆炸聲和怪物的吼叫的聲音，不斷在我身後迴響，我埋頭狂奔了一陣子，正想轉向到房屋間的巷子躲起來，不料，卻看到前面有對像是男女站在路中心。

「快逃啊！」我大叫著。

但那個男生仍然堅定站在那個女生前面。

而那個女生的懷中，則抱著自己的寵物。

他們彼此依靠，親暱的姿態看起來似乎是一對兄妹。

「快逃啊！你們——」我再次高呼，立即轉過身，嘗試拖延眼前的怪物讓那兩個人先逃走。

但，太遲了！怪物強壯的手臂猛力地砸向我。

就在那電光石火一瞬間，我的頭不知為何突然很暈，視線跟著變得很模糊和黑暗，然後，我失去了意識。

就這樣也不知道過了多久，我再度回過神來，只見四周火光熊熊，而我的腳下，則踩著某種灰色的東西……

我甩了甩頭，湊近去再看真一點，才發現是剛剛的怪物。不遠處還有兩三隻，同樣倒在地上一動也不動。

「……我到底幹了什麼？」我毫無頭緒地尋思著，腦海中，陸然閃過剛剛的那對兄妹。

我連忙四處張望，卻看不到任何人影。

而且再仔細一看，原來，我已經不是站在剛剛的那條路上了。

「我到底現在身處什麼位置？他們也到底跑到那裡？」從腳下那怪物的身上跳下來，我茫無頭緒地在城鎮的各角落到處奔跑。

然而因為建築物的破壞頗嚴重，我已經無法辨別所處的地方。

就這樣，直到我跑到城鎮上某個點，我終於看到聚集的人影。

「回來了！他回來了！」一看到我，一群人立刻大喊著跑了過來。

緊接著，每戶房屋的窗戶一扇接一扇被打開。

所有人都盯著我看。

「……什麼嘛？看到怪物嗎？」我還以為剛剛的怪物追了過來，連忙轉頭一看，但身後沒有半個身影。

我心裡泛著嘀咕，四面環顧了下重新檢視，才發現這裡沒有任何破壞過的痕跡……這是怎麼回事？

我一頭霧水摸不著頭緒。

「回來了！我們的英雄回來了！」

這時，人群爆出了一陣歡呼聲，然後一傳十、十傳百，每個人都高喊著「英雄」這兩個字。

「到底發生什麼事了？為什麼每個人都喊我英雄？」我詫異地望著鼓動的人群，倏然，在這場騷動之中又記起那兩個小孩。

我忙轉過頭想再往災區跑，忽然，有隻動物走到我面前坐了下來，卻是剛剛那女孩抱著的寵物。

「……難道他們已經不在了嗎？」我一時間愣在當下。

女孩子的聲音在我身後傳來：「謝謝你，大哥哥。」

我轉過頭看去，女孩和剛剛的男生完好無缺地站在我面前。

但我仍未放鬆，因為我的爺爺還下落不明。

「爺爺！爺爺！」我往人群跑去，試著找尋著他的身影。

然而就算我不斷重複地喊著他，他仍然沒有出現在我的面前。

我不停地在人群中穿梭奔跑，都沒有找到爺爺的身影。

就在我決定重新回到災難現場尋找時，就看到爺爺和一行人互相扶持著，慢慢地走回來剛剛跟人們會合的地方時。

「每次都要讓我擔心……快來人啊！還有倖存者回來！」我邊跑邊喊著。四周不少人立刻跟在我後頭，跑上前去接應他們。

「啊、啊——維爾啊，讓你擔心了吧？我剛剛只是趁你戰鬥時，找尋著其他的倖存者呢！呵呵呵——」

「別再笑了，你知道我非常擔心你嗎？」我忍不住抱怨道。

爺爺這個人……就算年邁了仍然精力充沛，老是做些出乎意料的事情。

「你這次做得很好呢！」爺爺還是樂呵呵地，撫摸著我的頭說道：「我代替整個城鎮的人向你道謝吧！」

向我道謝？

那時，我壓根搞不懂爺爺這一連串奇怪的舉動。

總之，謎一般的晚上過去了，而接下來等待著我們的，是一個又一個繁複的重建工作。

就這樣約莫過了一年之後，重災區總算都已經回復原貌。

而那個晚上的怪物們也沒有再出現了，一切都返回了久違的日常之中了。

我以為事情就這樣落幕了。

直到有一日，我家門前來了幾個打扮古怪的人。

「……請問有什麼事？」我好奇地望著他們。

因為黑袍和帽子都遮蓋了他們全身和面龐，我連容貌都看不到。

「請問，您就是一年之前擊退了『它們』的人嗎？」一道女性的聲音傳入我耳中，而且劈頭就是問起一年前的事。

「呃……算是吧。」我沒什麼底氣地說道。

事實上，我什麼都不知道，只是沒頭沒腦地當上人民英雄，自己根本沒有意識到發生什麼事，連一點記憶都沒有。

「我感受到您的魔力了。」就在我想著往事躊躇時，那個剛剛向我說話的女人再度開口，向我遞來一封信件，「是這樣沒錯。請收下。」

信上印著很熟悉的圖案，寫上以草書寫成的文字。

因為很少接觸到這種字體，解讀上都費了不少時間，我看了半天，內容大概是我被邀請入學……咦？什麼跟什麼？

我詫異地低呼，目光在信件與那女人間來回。

「我們是受到皇帝之命，從王都前來會見您並邀請您入學的使者。」女人解釋。

我張口結舌，完全一頭霧水不知道該做何反應。

「哎呵呵——看來終於要找上維爾了囉？」

「……爺爺！」我詫異地望著那不知何時出現的老人。

「您就是這位少年的家人嗎？」帶頭的女人問道。

爺爺點頭回應。

「請容許我帶貴子弟離開。」女人簡明扼要地提出了要求，「因為，這個少年可能是世界上獨一無二的人材。」

「但是……」我支吾以對，衷心希望爺爺可以把我留在村莊。

但，爺爺的臉上卻露出了滿足的笑容。

「對！把維爾這位英雄留在這裡有點太浪費了。不過，沒想到連外面的人也知道這裡發生的事了。」

……會知道，大概是因為當時的旅客把這件事傳了出去吧？

我當時是這麼認為的。

直到後來，我才知道了另一個原因。

這暫且不論。

不過當時，我對這件事情本能的排拒。

「我不願意離開這裡。」我忍不住插嘴：「這裡還有我的朋友、家人，我實在不想離開這裡。」

「維爾啊……這世界遠比你想像中還要大的，不要把你自己束縛在這裡啊。」爺爺拍了拍我的肩膀，說道：「以你的能力，其實可以在世界上大展拳腳的。」

「但是……」

「我是因為年紀大了，根本就不能也沒有時間走到更遠去，但你有的是時間喔。」爺爺說道，眼光中充滿了嚮往。

爺爺也說得很有道理，令我無言以對，可我心中還是充滿了猶豫。

「通往新世界的門，已經在你面前打開了，要去闖進新天地還是留在這裡，都聽憑尊便。」與我說話的那女人說著，脫下了帽子。

眨眼間，被帽子束在一起的紅色頭髮散了下來。

我不自主地看著她如寶石般的瞳孔，靈魂就好像被她扯走了一般夢幻。

「你就去吧。」

「對啊！我們也不會忘掉你的，維爾。」先是爺爺，然後是聚過來看看發生什麼事的鄰居們，眾人七嘴八舌地鼓吹著我。

「我說啊……爺爺和你們大家是真的很想我走嗎？」我半開玩笑地說道。

「我當然也想自己的孫子留下來，繼續陪伴我到人生的最後啊，但機會卻不會跟著留下來，硬把你留在這裡，倒不如讓你珍惜機會去看更多的事吧！」爺爺笑著說道。

去，還是不去？我內心掙扎著。

「去吧！記著要回來探望我們啊，這裡會隨時歡迎英雄的歸來的。」人群中有人說道。

望著爺爺和這些村人期盼的神態，最後，我選擇了踏上那段旅途。

「歡迎來到這個新世界。」那個女人向我輕輕笑了，「你叫維爾對吧？我的名字是古雅。」

她真的很漂亮，讓我有種油然而生的好感。

然而，過後一段時間，我才發現到自己是頂著每個人的期待才來到這裡，也知道自己是有多麼的無力。

我開始討厭一切，也討厭那個叫古雅的人。

說什麼我是英雄；說什麼我是潛藏的天才……我根本，連笨蛋也說不上。

那時候，我總是坐在課室最前排的位置上。

四周都是穿著跟我一樣黑色長袍的人。

他們就是我的同學。

別看我們都打扮得像個異端分子，事實上，這是設立於王都的「皇都學院」的課室。這所學院並沒有正式的名稱，有的只是一個徽章象徵，和被一般人統稱為「皇都學院」的名稱而已。

這個世界，主要運行的系統除了劍和魔法外還包括新興的科技。

而皇都學院除了孕育出擁有魔法潛力的魔法師外，也培育著騎士。事實上，被檢定為沒有魔力者，往往成為騎士或是培育他們往科技或體術方面發展。

那時在我眼中，科技只是沒有魔力的人的慰藉罷了。

……科技的武器，或許可以輕易地殺死一個魔法師但魔法師在死之前，就有辦法摧毀一整個都市！

當時普遍流傳著這樣的話。

雖然不知道說的人是誰，但大概不離開是極度反對科技的魔法師吧……總之，我對這些老是想將魔法與科技扯進戰爭的言論，是既不理解也不感興趣。

而事實上，這個世界的出路也很單純。

在這所學院畢業的學生，就會成為國家的戰力為國家效忠、做事，當然，學院生也可以回到民間，去做富豪們的保鏢或是各式各樣的工作。

此外，也有人妄想去跟那群傳說中的「龍族」見面而努力著。

只不過，就算我們再怎樣追尋，走遍世界上的每一個角落，也找不到牠們任何的足跡。

但牠們卻實實在在地協助我們，維持了這個世界的平衡。

「如果不是牠們，我們大概老早就開戰了吧？」我常這麼想，畢竟，有誰不想統一世界或把世界踩在腳下？

或許，我是稍微把這個世界看得偏激了一點，但當時世界變得怎麼樣，都與我沒有關係。

「和平」是建立在武力之上。

擁有絕對武力的「龍族」限制了我們戰爭，在牠們之下享受著和平，有何不好？

當時，我總是坐在課堂上，放任自己的思緒游離。

而當我回過神來，總會看到那一頭紅髮的女性站在我面前。

「維爾，又在發呆嗎？」古雅，我的班導師嚴肅地看著我。

別看她外貌年輕，她可是貨真價實的老師。

「才沒有。」我慣例地反駁。

「是喔，那麼你就回答我剛剛的問題吧。」古雅那雙紅色的瞳孔望著我。

而我則被這種勾魂般迷人的瞳孔和視線吸引著。

「不知道。」我轉開了臉，淡淡地說道。

老實說我就對她很沒軏，始終不太敢去正視她。

當然確實，我連她剛剛問我什麼問題和說了什麼，都幾乎沒在聽。

「……是這樣嗎？」古雅皺著眉，轉開了目光，「有人可以回答我剛才的問題嗎？」

她才剛說完，有人代我回答了。

那個人就是夏洛克──全班的風雲人物。

老實說我沒有聽他說什麼，反正會不會魔法對我沒有差，只要能夠做到生個火球或冰球再丟出去，已經是很好的事了，運氣好的話，頂著王立學院畢業生的名頭，工作應該很好找吧。

但說到底，我還是比較喜歡在故鄉裡工作。

古雅照例嘉許了夏洛克幾句，目光忽然又轉向我，「那麼，放學後你就留下來吧，我有事想跟你說。」

「嗯。」我不置可否地點點頭。

又被留堂了，反正又是跟我講萬年如一的人生說教吧……就算她的樣子再怎麼年輕，但性格卻像老太婆一樣囉唆。

古雅再看了我一眼，重新走回講台上了。

「吶——維爾，她老是放學後把你留下來耶，難道真的沒有發生什麼事嗎？」坐在我隔壁的男生兼室友說道。

「傻了嗎？那人根本就像老太婆一般囉唆，你平時又不是沒有在聽我講。」

「也對、也對——」

雖然，我也知道那個老師在學生中有著很高的人氣，但我卻非常討厭她！

濫好人的古雅老師，把我誤導至這裡的其中一個兇手，對誰的態度都一個樣。

不知道那是造作，還是她原本的性格。

學員們都散去了。

我獨自坐在皇都學院的教室內。

反正回到宿舍又沒事可做，拿起書本不到半秒我昏昏欲睡就很想放下，乾脆照著古雅老師的吩咐，放學後留下來聽她的嘮叨。

聽她說廢話當作消磨時間，也好。

「等了很久嗎？」教室門再度被打開，有著一頭紅色長髮的女性走了進來

「嗯。」我懶洋洋地挑了下眉。

古雅朝我招招手，「好啦，快過來教師桌面前吧。」

「妳過來不好嗎？」

「也好啊。」古雅應聲，很爽快地坐到我隔壁。

我一時啞口，有那麼一瞬間，突然覺得剛剛自己對她的口氣確實有點沒禮貌……

……明明討厭她卻有這種自愧感覺，我到底幹嘛了？

難道，這就是所謂美人的魔力嗎？

「還沒習慣這裡嗎？」古雅率先開了口。

又是老掉牙的開場白……

我散漫地應了聲：「還好吧……」

「會掛念家鄉嗎？」古雅又問。

「還好吧……」我還是不鹹不淡地給了三個字。

「我可以請一個月假陪你回去唷。」古雅突然說道。

「可以嗎？」我望著她，我感到十分詫異。

「當然喔。」

她的眼神的確不是在說謊……

「我值得古雅老師關心到這個地步嗎？」我微瞇著眼，臉上帶著不想掩飾的嘲諷：

「來這裡這麼久，我就會丟個小冰球出去，跟班上那個第一名的夏洛克相差很遠吧？」

什麼歐尼斯特的英雄……那根本就是笑話啊！

把時間和心機都投資在那個傢伙，遠比吊車尾的我好吧？

「不是的……」古雅皺著眉，試圖想要解釋什麼。

我粗魯地打斷她的話，「老師們不就是喜歡那種成績好的乖乖學生嗎？明明我只是個吊車尾仍考上二年級……」

「不是你想得那樣……」古雅有些無奈地搖頭。

「妳就是要針對我，對吧？」

「維爾。」她叫著我的名字。

我只好住口起來。

明明平常很愛嘮叨的傢伙，今日面對我卻沒有回半句話，但，感覺上好像比平常的還要強勢。

略沉默了幾秒，古雅臉上再揚起笑容，「你這個孩子其實是與眾不同的，只是你不肯去面對一切而已。」

「……證據呢？」我沒好氣地輕哼。

「當年那件事不就是最好的證明了嗎？」古雅笑看著我。

「當年的事，我根本什麼也不知道好不好?!」我忍不住低吼。

就算會被眾人稱為英雄，我根本對發生了什麼事毫無印象。

當時我回過神，就踩著那個噁心的怪物……可偏偏最讓我痛恨的是，偏偏她還提起我這件事！

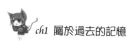

「……硬要說的話，明明火球是魔法的最入門魔法，但你卻不論惡作劇還是故意也好，丟的都是冰塊耶。」古雅朝我眨了眨眼，語氣帶著一點戲謔。

「……妳在取笑我嗎？」

「不是、不是。」她撫摸著我的頭，笑著說：「吶，你應該總會感應對方魔力的這種小魔法對吧？」

「嗯。」這種突如其來的舉動，我嚇得有點把身子靠後，明明就覺得有點惱，但看到她的笑容，就是沒輒。

「那麼，試試看感應我的魔力好嗎？」古雅笑看著我。

我閉上眼起來，試著尋找她的魔力。

下一刻，一股強大得過分的魔力向我侵襲過來，我被這股強大的魔力嚇得整個人都彈起來，眼睛也反射性地睜開。明明平常都感應不到這種魔力，為什麼會突然變得這麼強大，就像風暴一般？

「還記得那時候，我就是擺出像是你這種反應，就連我身邊的同伴甚至皇室上下也是，但，我這種魔力還比不上當時的那個人。」

古雅朝我眨了眨眼，眸中帶點惡作劇得逞的神色，「只不過，那個人在我的面前才會感受到魔力的震撼。」

「……我會有那種程度的魔力嗎？」我詫異地低喃，腦中呈現一片混沌，古雅說的

「那個人」根本就是指我，可，我明明連一個基礎的火球都扔不出……

「是的，維爾你的確有那種程度的魔力，甚至已經是媲美到『無限魔力』了。」古雅正色說道。

「別說笑了吧……」我搖頭苦笑。

她口中所說的「無限魔力」，是指以人工的方式把自己的魔力永久增幅並循環，透過治療系魔法施加至指定對象，同時達至治療的結果。

這當然還是實驗之中，而且並不是每個人都能夠承受到這種魔力。

據說，只有病得極嚴重的人才會承受到這種魔力，而且，施法者好像也要消耗極大的魔力。

「維爾……你想聽聽我以前的事嗎？」

「無所謂。」

今日，古雅好像老是在說過去的事。

「我喔，其實曾經跟你差不多，也是個對什麼都沒有衝勁，只是頂著別人的期待來到這裡的。」

古雅微低著頭，彷若自語般地呢喃著：「我的父親，曾經是隸屬於皇帝身邊的親衛魔法使，母親則是這裡研究魔法的學者，我因為流著他們兩個的血，所以，理所當然地就像是為了魔法而出生的。」

長吁了口氣，她若有似無地嘆息：「但，我雙親的光環實在太大了，我從小就感到充滿壓力。所以，我也像你一樣經常逃避一切，只會幾個惡作劇的小魔法。」

「但妳現在卻是我們的班導，又是宮廷賢眾之一啊……」

「我母親當時也是我的班導……」她停頓了一下，又道：「當時，我覺得那只是監督我的其中一種手段而已，很可笑對吧？但，有天我母親卻說了一句話，我整個人就稍微認真起來了。」

「什麼話？」我忍不住感到好奇。

「我曾經也有跟你說過噢……你想想看。」古雅刻意賣著關子。

「嘖——我那會記得啊！」

「維爾就試著回憶看嘛。」古雅又向我笑了。

她笑起來根本美得讓人透不過氣，令人完全摸不透她的真實年齡和在想什麼。

我下意識地轉開目光，「吶，我說啊……」

直到最後，那句話到底是什麼，古雅還是沒有說。

直到現在，它仍是始終糾葛在我心中的謎團，可惜，沒有了解答。

就這樣，時間轉瞬到了畢業那天。

到最後，我依然被古雅老師留在課室裡聽她說話。

「吶——維爾。」

「又怎麼了？直到畢業妳還真的不會放過我啊！」我一貫語氣有些惡劣地說道。

「沒什麼，只是想跟你道賀而已。」她還是笑得明媚燦爛，「首先恭喜你以學年第一的成績畢業啦。」

「喔，謝謝。」我說道。

之後，靜謐的教室突然又陷入一段長長的沉默。

「對了，之後的打算又如何呢？」

「關妳什麼事……」

「老師關心學生的去向，有什麼問題嗎？」古雅笑著說道。

「大概會跑去研究更多吧……」照慣例，我不說的話，大概換來的就是她不停地嘮叨，還是先打發她一下好了。

古雅不知道在想什麼，又是沉默了片刻，才問：「會進去王都魔法研究所嗎？」

「跟妳一樣成為宮廷賢眾？有什麼好的……」我意興闌珊地反問。

「也不錯呀……多一個相識的人，我會安心一點。」古雅笑彎了雙眼，神情好像很高興的樣子。

「不要！我對那些同樣的工作沒興趣。」我一口回絕：「如果有新的研究團隊，研究新奇事的話，我會毫不猶豫進去。」

「……是嗎？」古雅淡淡地應道，垂下了雙眼。

「怎麼？會失望嗎？」

「不會。」古雅抬起眼，又向我微微一笑，「身為你的老師，你會這樣想我很開心喔。時代就是要依靠年輕人推進嘛。」

她的笑容，讓我覺得是種掩飾。

不過想想，好像最常看到她笑容的都是我，多得快要成為我獨占的專利，但我並不討厭這樣。

應該說，看到她的笑容也是我的人生樂趣之一吧……

就這樣，我畢業了。

之後雖然次數不多，但古雅仍然與我保持著聯繫。

老實說讓我覺得有點煩，不過某次，我在其中的一項時間魔法的研究中，遇上了瓶頸，許久沒有聯絡的她突然又寫了封信給我，內容是邀我一聚，地點，是王宮內的某個小花園裡。

宮廷賢眾，能夠自由使用王宮內某個地方或領地，甚至是得到那個地方的絕對使用權，而王宮裡的花圃，就是古雅老師唯一要下了的地方。

順帶一提，雖然我也擁有王宮內的其中一個地方的使用權，但我並不是宮廷賢眾之一。

聽古雅老師說，從以前開始皇帝就十分重視我這個人，在畢業之後，皇帝要贈送我一樣東西當作畢業賀禮，所以我就要了間私人的書房。

這就當作是轉換心情吧……我當時是這麼想的，於是接受了她的提議前往王宮。

「好久不見了，古雅老師。」不同工作和以往在學院那時，我穿著輕便的T恤、長褲和長靴赴約。

「喔、喔——好久沒見了呢！維爾。」古雅顯然一早就在那裡等候了，而且語氣好像很期待我來的樣子，「現在，我不再是你的老師啦，叫我古雅就好。」

「……妳叫我來這裡幹嘛？」

乍見到古雅的瞬間，我有點驚訝，她的樣子完全沒變，居然是跟以前一樣年輕……這到底這是怎麼回事？

莫非，古雅是傳說中的吸血鬼嗎？

「有件事要跟你說。」古雅說著，繞到花叢後面，「不過說之前，你先試猜猜我幾歲了？」

我也跟上去，「咦？年齡不是女生們的祕密嗎？讓我知道的話，就各方面而言會不會太……」

「沒關係啦，快猜猜看。」古雅連聲催促著我，好像很期待的樣子。

反正樣子都沒有變過，隨便說說都沒什麼關係吧……

我心忖，隨意拋出了個數字：「是二十四歲吧？」

其實我想猜更大的。

不過碰到這種敏感問題，還是給女人留個面子。雖然她很少在我面前發脾氣，但，女生一踩到這個雷點，就會本能地抓狂起來吧……

「如果二十四歲就能教書的話，大概會很高興呢……」古雅戲笑地朝我眨眨眼睛，「再猜大一點啦。」

「三十？」

「不，也錯了。」

「……那四十到五十可以了嗎？」我有點惱了，面子也不想再給了。

「答對了！」古雅笑彎了眼，「正確來說是四十八歲，還算年輕吧！」

「啥?!妳……妳外表這麼年輕……」我既驚訝又意外，說不上是什麼感覺，不對！怎麼年到五十還可以這麼年輕，外表跟二十歲出頭沒分別，該不會又是跟我開玩笑的吧？

而且，古雅好像很高興的樣子……雖然我知道魔法師的壽命普遍比較長，女人被人猜中年齡，會是件令人開心的事嗎？

「想知道是什麼原因嗎？」

我只好點頭回應。

「這朵花，不久之後應該就枯萎了吧？不過喔……」古雅說著，把摘出下來的花接到花莖上。

接下來，只見那朵花被白色光芒給包覆住，頃刻間，原本呈現紅黑色、枯萎的花瓣居然逐漸回復以往的光采，彷彿就像是重新連接上去一般。

這就是——

「回復魔法？」我充滿好奇地接過花朵端詳著，古雅所施行的，顯然是利用「回復魔法」令細胞保持年輕，但這不是會更損耗魔力嗎？

「不對喔，這應該是歸納為『控制時間的魔法』。」古雅笑著說道：「不過，控制時間的魔法可以對自己施展，並做到維持年輕的外貌，已經是極限的事了，根本沒辦法強行鎖定施展目標……所以，我把目標時間小規模回溯已經是極限了，不過，它仍然會繼續成長。」

略頓了頓，她接著又說：「順帶一提，這件事是沒有人知道的喔，因為，這種程度根本就沒有可以公布出去的價值。另外，使用這種魔法要知道回溯對象的「歷史」，方法極為困難呢！如果不是我每日都悉心照料這裡的花朵，我根本不可能使用。」

「好像很有趣呢……等等！」心念一動，我忍不住瞇眼打量著她，「換句話說，妳這樣年輕的外表也是因為使用這種魔法維持的嗎？」

「是的。」停駐在一片茂盛的花叢前，她彎下身輕觸著花瓣，「你順便也學點魔法以外的知識吧！這種花的名字是『寧花』，花語是『青澀的愛』。你別看它這個樣子喔，在長出莖和花之前，可是會讓人以為是買錯的草籽呢。」

我一言不發地注視著她曼妙的身影，「不死紅魔女」的稱號背後，就原來是這種意思。

古雅讓人誤以為是吸血鬼的假象，背地裡，原來是因為比我還更早投入研究時間魔法……慢著……時間魔法！

「妳會知道我在研究時間魔法嗎？我明明沒有向妳提及過。」我有些戒備地望著古雅。

「……呃，那可是大新聞喔，年輕的天才魔法師研究時間魔法……」眸光回轉，古雅看著我輕笑，「之前你不是有點成果了嗎？雖然跟我這個有點相似……不過時間魔法的新突破和發現，或許會落在你們年輕一代身上唷。」

聽出了她言語中的驕傲與期許，我偏頭撓了撓鼻心，「總之，先謝謝妳啦，古雅老師。」

這是第一次，我不帶任何偏執地喊她老師。

古雅微愣了愣，旋即臉上的笑容如花綻放，「以前總是用一副不爽的樣子對待我的，為什麼突然間這麼開心？」

「沒什麼啦……」心思飄回正進行的研究，我有點焦急地想跑回自己的家，「那麼，下次再見吧。」

「……不留多一會嗎？」古雅挽留道。

「不了，謝謝。」

「那麼，研究要加油喔。」古雅起身，送我出了花園。

「嗯，謝謝老師。」我揮了一下手後，便加快腳步離去了。

「叫我古雅好啦。」古雅在我身後喊道：「對了，千萬不要把今晚的事告訴給別人知道喔。」

之後我埋首研究，不覺過了好幾年。

期間也有跟古雅書信聯繫過，多半是為了探討這方面的細節。儘管畢了業，我仍然依賴著她。

直到現在，她還是我的恩師。

就這樣，相關論文已有了進展，我掌握了「時間魔法」的兩個關鍵，除了知道回溯對象的歷史外，再用治癒魔法令微暴走的魔力穩定下來的話，一切都會變得很簡單。

之所以想到要利用治癒魔法，是因為老師說為了維持自己青春，都會先把魔力不停地對自己進行回溯，然後，維持把細胞活性化的狀態。

只要是跟人體治療有關的魔法，就會牽涉到「白魔法」範疇。

而我就假設，萬物都有自己的「細胞」，不同的是，我先把它們不停的複製再強行回溯，接著使用「治癒」，把「傷口」和「細胞」穩定下來……

但，這部分只有關於白魔法而已。即使穩定下來，時間依然會繼續推進。

然後，我選了間荒廢了很久的屋子進行實驗。實驗過後，小屋確實也恢復了以往的新淨。

這實驗，在整體上得到的評價相當高，同時也證明了我的研究，在有關時間魔法的理論得到很大的突破。

而這個成果，也被廣泛利用於維修舊建築上和對大型治癒魔法的研究。

然而，這還不是我想要達成的目標。

另一件我真正想去研究以及去做的事，是把魔力固定強鎖住時間，甚至，造出時間倒流及空間時間封閉。

於是，我就開始嘗試進行更多操縱時間的魔法實驗。

但在這段時間裡，我總會作同一個夢，夢裡，有隻擁有巨型翅膀的奇怪生物一直望著我，而且眼神中散發著霸者的銳氣，令我對牠產生了恐懼。

而後漸漸地，也不知從何時開始，我懷中總會抱著一個熟睡中的少女。

那少女的頭上，有著跟那生物一模一樣的彎角，角的大小，約莫跟我的半個拳頭差不多大，跟頭飾差不多的樣子。

我下意識地把眼前的巨大生物，聯想到一種傳說的生物——龍，那就像神話一般，從來都沒有見過、接觸過的物種。

縱使是夢也覺得很真實。

這個夢維持了好幾年，直到控制時間的魔法實驗有了普通的基礎。

當第二次的論文發表時，我得到了「母親」的肯定。

而卡娥絲也因為這個的肯定，而出生在我的身邊，除了當作是對我的研究成果的一個證明，同時，也是讓世人確信龍的存在，不用再處心積慮找尋牠們。

只不過，由於卡娥絲的翅膀曾經嚇到過不少人，為了避免這種情況再次發生，我就禁止了她開翼，希望讓她好好地用人類的身分好好地活下去。

而就在這時，得知她存在的夏洛克找上了我，以「讓未知的形態動物用人類的外表出生」為題，找我參與研究。

因為十分感興趣，我便暫時擱置手邊的工作加入夏洛克的團隊。

而古雅聽到這件事之後，也跟著加入了人型生物的研究。

這是個十分複雜而龐大的研究，當然不可能一次性就成功。

當面臨第二十一次的失敗時，整個團隊，包括夏洛克和卡娥絲都只能看白白地著那些失敗的魔法生物死去。

在那段時間裡，就算還不知道生命的價值年幼的「半龍」卡娥絲，終日不停地痛哭。

當然，夏洛克也是。

然後，奇蹟出現了。

第二十二次實驗，夏洛克成功了。

同時，這一次也是最後一次，之後，夏洛克就停止再繼續去構築人形未知生物的身體。

夏洛克把二十二號生物當作自己的女兒般對待，為她起了一個名字——「夏娃」。他以自己名字的一部分做為二十二號的名字，就像是代表著要永遠在一起那樣。

我一直以為冷血而沉默的夏洛克居然有這一面，讓我徹底地對他改觀。

卡娥絲也試著跟夏娃成為朋友。

但，古雅老師卻沒有把夏洛克封印研究當作一回事。

她背著夏洛克，私下邀請我參與她個人的研究，完全不顧我的極力阻止。

就這樣，她終於製造出了一個怪物——擁有無限魔力的莉莉絲。

在這之前，因為理念上的不斷爭執，我跟她再沒有連絡了。

然後，就在我也不知道的情況之下，古雅跟「二十三號」——那名為莉莉絲的魔法生物襲擊了皇都。

當我和卡娥絲趕到那裡支援，事態已經是接近尾聲了。

城堡的外圍，眩目的火海照亮了半個黑夜。

「不走過來嗎？」那個人就站在城堡的另一邊，示意我走過去。

「……」

「其實，維爾很想過來對吧？」古雅注視著我，笑容依舊是那麼的燦爛美麗。

「古雅……為什麼妳要做這樣的事？」我幾乎是失控地咆哮著：「妳知道妳在做一件已經無可挽救的事嗎？」

「我當然知道吶。」

「為什麼妳要這樣做？」

「大概覺得什麼也得不到，就會有想破壞一切的慾望吧……不知道你會聽得懂我說的話嗎？」古雅朝我眨眨眼，然後，手上憑空變出一支寧花，「那麼……過來吧？」

我全身莫名地顫抖著，不想去相信眼前的人是我認識的古雅。

我不相信那個會為人著想的古雅，居然做出這樣的事……

「維爾？為什麼你要顫抖呢？」古雅偏著頭，似乎很疑惑地詢問我：「難道，你不想來到我的身邊永遠在一起嗎？」

這時，分為兩隊的騎士已前後封鎖了這座城堡。

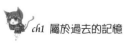

「維爾……」古雅低下頭，俯視著騎士們也像是俯視著我，呼喚著我：「如果你不找我的話，將來我也會找你的。那個時候我們就永遠在一起吧？即使下地獄，我也會拉著你一起去喔！」

古雅一笑，向卡娥絲拋下了那朵寧花，「卡娥絲也會跟來嗎？」

然後，沒有理會因為死亡而漸漸化為光的莉莉絲的屍體，她轉身一躍，火紅色的長髮因為下墜而跟著飄逸，身影消失在火海之中。

而我只能夠呆站著原地，望著那個人的身影與黑夜、火海融合，消失不見，什麼也做不了……什麼也……挽救不了。

而大概在夏洛克心中，沒有對那個人出手的我，也是不能原諒的罪人吧……即使生平第一次，我反抗了一直聽命的「龍族」，保護了夏洛克帶著他潛逃，可在逃亡期間，他沒有開口跟我講過一句話。

直到離別的一刻，他才留下了一句：「我會復仇。」

就這樣，夏洛克彷彿人間蒸發一樣消失了。

母親未追究做為「喚龍」的我的抗命。

我十分幸運。但夏洛克抱著的夏娃的悲痛臉孔和悲哭的卡娥絲的景象，至今仍然殘留在我的眼底之中。

ch2

黑色的小狗

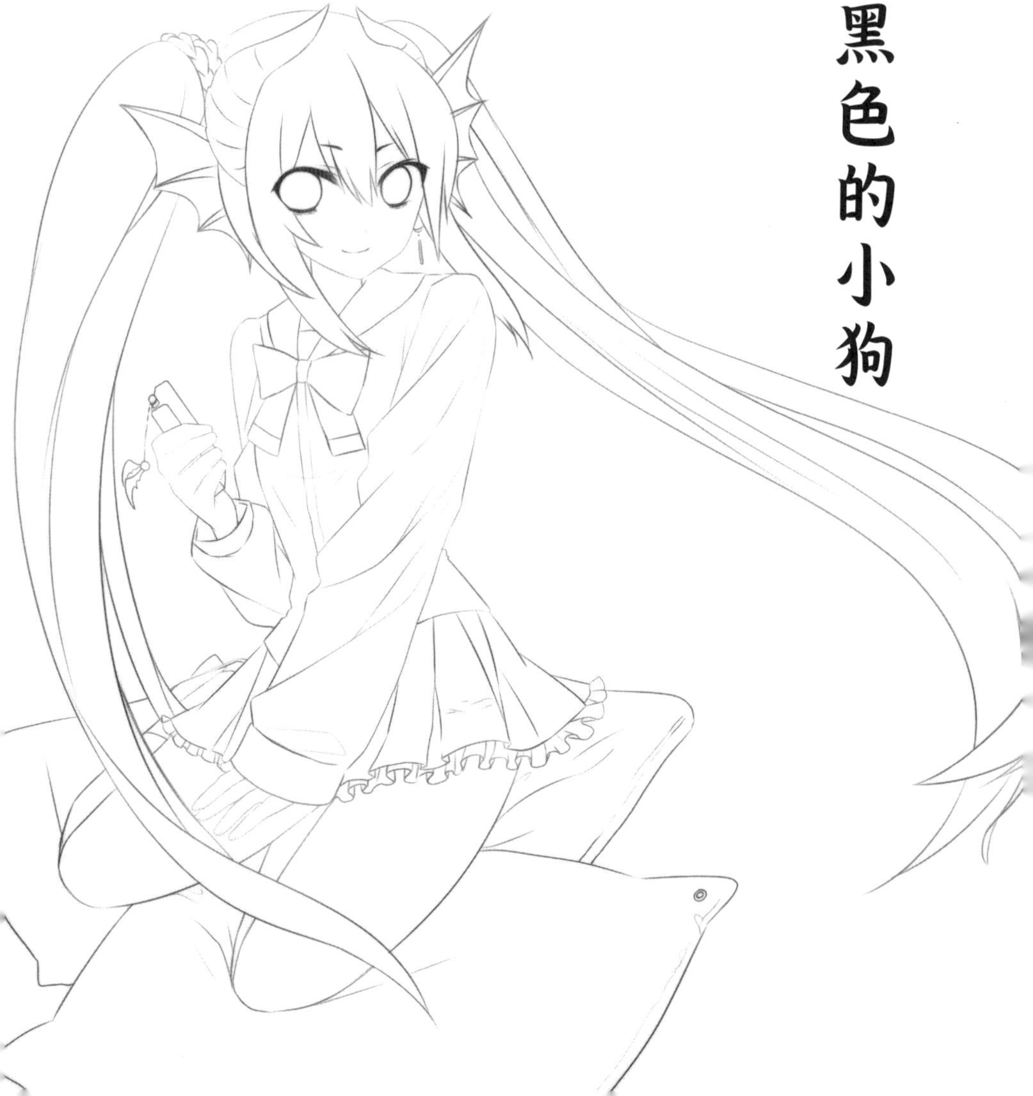

「就算你講了那麼多，但夏洛克做了這種事就是做了，也無法改變這個事實吧！」我用手指搔了下頭。

維爾的回憶對我而言，充其量，只是把一個陌生人的故事搬出來罷了。

或許，我也不是不懂校長這麼袒護夏洛克的理由。

但我已經因為被捲入這個遊戲而失去了家人，不管如何，絕不願再看到現在如同家人般的月兒從我身邊離去……就光憑這點，我就打心底無法諒解夏洛克。

但就算這樣想，現實卻是那麼殘酷而混沌，幾乎都在原地踏步——

——可惡！

「就算你跟卡娥絲不肯幫忙，我也會自己想辦法啟發操同使的力量！」我緊握了拳頭，很想找東西發洩也想抱著什麼好好地保護，亦或讓自己安心過來……但，現在沒有。

「……我並沒有那樣的意思。我只是交代卡娥絲不敢再去面對的，以及當時我還未說完的事而已。」維爾沉默了一陣子之後才回答我：「操同使的訓練，我保證卡娥絲會盡快協助你們的。」

我總覺得，他好像再想說些什麼，可他只是站起了身子，簡單地道過別後，就跟卡娥絲一樣，靜靜地走出了社辦。

而第二天，卡娥絲就召集了我們，開始一連串操同使的對戰訓練。

轟隆——金色的雷掠過我的身邊！

我好不容易避過之後，重新把魔力集中在雙手上，紅焰也因此而燒灼著我的雙手。但我的雙手也感覺不到任何灼熱。

「冬司！收下這個吧！喵！」利莉說完，我立刻感到身體頓時輕盈了許多。

我對旁邊的流馬點了個頭，隨即向卡娥絲衝去，我冒著紅焰的拳擊，揮到卡娥絲的面前。

她很快地伸出右手架開我的直拳，就在這一瞬間，黑色的冰塊在我的身後射出，以高速的狀態密集地向卡娥絲射擊。

卡娥絲本能避退，這個時候，我把手再伸出一轉扣緊了她的手臂。

她頓時動彈不得。

「得手了！」我興奮叫道。

卡娥絲瞪了我一眼，然後伸出一直收藏著的巨大龍翼，展開的龍翼產生的風壓，吹倒襲來的黑色冰塊！

同樣的情況再次發生，冰塊們都散滿一地。

接著，我感到手臂有種被電流電到的感覺。

「嗚……」當我看到金色的電流掠過自己的手時，我的腳已經被卡娥絲絆了一下！她用力把我按下，我整個人都被她壓到地上。

「一個。」卡娥絲拋下了這句話後，便離開了我，跟著把腳一躍，低飛到流馬的面前。

「流、流馬！喵！」剛反應過來的利莉就算在高速狀態之下，也趕不及衝到流馬身邊。

然而，在流馬被卡娥絲攻擊的前一刻，白色的雷擊中了卡娥絲的龍翼。

被白雷擊中的卡娥絲隨即被彈飛到遠處，在地上滾了幾圈才站起來。

「犯規啊！明明對使用魔法的特訓，哪來物理性的防禦啊！」流馬這樣嘀咕道。

而今日的訓練戰，就因為卡娥絲的倒下而結束。

「今日，你們也辛苦了。」

結束訓練回到第三會客室，世音早就在裡面等候我們回來。

明明是普通人的世音，卻因為跟我們有關係為理由，硬是被卡娥絲留了下來。

順帶一提，由於卡娥絲突如其來的惡趣味，曾硬是要求世音穿上女僕裝，成為本社團的吉祥物，就連女僕裝都拿出來了。

當然，在世音以鐵拳制裁過卡娥絲後，這件事到現在就提也沒有提及過，而我們也被下令絕對「不要想像！」

也因此，這件事漸漸埋沒在黑歷史當中。

這個月來，我身上的符文已經大得從衣服中露了出來，伸展到手臂可見之處，經過剛剛到現在的一小時半的特訓，符文都有點變得有點縮小，但仍然看得見。為什麼會這樣子？我真的不知道。

而且利莉現在看上去很累的樣子，頭都靠到流馬的肩膀上。

而月兒則是沒有什麼兩樣，坐在一旁慢慢地喝著飲料，邊望著我們的動態。

「明明是針對魔法的特訓，妳卻用拍打龍翼造出的風牆擋下攻擊，到底想怎麼樣？」流馬發著牢騷。

「如果你碰見一個雖然會魔法但卻拿著劍的人砍你，會發這種牢騷嗎？」卡娥絲嗔怪地橫他一眼，「在我們那邊的世界中，近戰能力不亞於騎士的魔法師不少，我是為你們好。」

頓了一頓，卡娥絲站了起來向我們走近，然後伸出手摸摸我和流馬的頭，「不過能夠撐得這麼久才倒下，不是進步了嗎？」

她呵呵笑著，似乎很滿意剛剛的戰果。

呃，這還是我第一次被其他人摸頭，感覺有點彆扭……

我只好趕快調開目光，不經意，卻看到利莉在流馬的肩膀上睡得香甜。

「利莉，妳很累嗎？」我忍不住詢問。

但利莉就像睡著了般一直靠著流馬，沒有給我任何回應。

明明就只有逃避卡娥絲的偶爾攻擊，再怎麼說都不應該很累吧……真要說的話，月兒不時以冷箭形式放出「白雷」，為我們做基本的治療作出支援，魔力的使用量，大概也跟利莉相差不多了……

「月兒，是不是覺得很累？」我轉向那總是安靜不語的兔耳妹。

月兒搖搖頭，然後起身，輕鬆走到卡娥絲的背後想為她的龍翼作治療。

「呃……不用了啦！反正不像上次的那麼嚴重，這點小傷幾天就會好……」卡娥絲手忙腳亂地閃躲著。

所以說，卡娥絲只有面對月兒時才這麼溫柔……

我忍不住撇撇嘴，轉念一想又問：「對了，卡娥絲，魔法還有分什麼特別類別的嗎？」

「硬要說的話，主要是分為『瞬發型』和『持續型』兩種為主。」卡娥絲解釋：「流馬的冰之幕就是瞬發型的例子，而你的紅焰拳套則是持續型，不過，這種分類只是計算自己有限的魔力的使用量和戰術的運用而已，其實，也沒有什麼特別的另外分類。」

原來如此啊，果然還是有分類的。

我的紅焰拳套，也真的跟我想的一樣是持續型的。

「會紅焰那種魔法的人是很少見啊，再加上那種魔法很耗魔力，又要進行接近戰，雖然有附帶爆發效果是很好啦，但爆發也會消耗魔力的，所以，就算是我也不會用，而用其他更實際的方法。」

一雙水靈的大眼瞄了瞄，卡娥絲提醒道：「為蛋白著想，最好不要用太多喔，連自己的魔法生物也照顧不周到的話，是根本連笨蛋也不如唷。」

「但，月兒很精神啊……」流馬插口道。

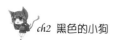

我看著月兒，的確，相較於就連我都有種隱隱的倦怠感，月兒看上去，實在是很精神的樣子。

還記得那時的月兒，使用了那道白雷之後再為卡娥絲像這樣子治療翅膀，就幾乎昏睡過去了。

如今，會是比起一個月前的進步了嗎？

到底是怎麼回事？

「是啊，利莉卻很疲累的樣子。」世音也忍不住說道。

「妳知道是什麼原因嗎？」我跟流馬異口同聲地追問。

「咦？啊——那個……月兒是誰啊？」卡娥絲疑惑歪頭看著我們。

「……是蛋白啦。」我整個身子都向旁邊一歪，無力地苦笑，月兒是我自己對蛋白的特別稱呼，一個不經意就在別人面前用這個名字的我實在很蠢。

「為什麼會叫成這樣子……算了！」卡娥絲說著，轉向月兒，摸摸她的頭，「蛋白，妳真的不累嗎？」

月兒搖搖頭，然後，從卡娥絲的背後走回來坐回我的身邊。

「真奇怪啊……」卡娥絲玩味地看著我跟月兒，「明明你們的身分都是『魔法生物』跟『操同使』，都共有魔力，為什麼只有冬司和蛋白就完全不同？」

「原來，妳也有不知道的事喔？哈。」流馬調侃道。

「老實說，這方面我真的不清楚。從維爾那裡聽回來的事不是很多……不過話說你有什麼資格笑我啦，笨蛋！」

卡娥絲說著，向流馬伸出舌頭扮了個鬼臉、吐吐舌頭，起身向門口方向走去。

「喂，妳去哪？」我追著她的背影喊道。

「今日聚會已經完了囉，再見……」卡娥絲頭也不回地揮揮手，臨走前，突然又想起什麼似地回頭，「啊，對了，下次還是再次進行鮮少的『魔力控制訓練』吧！」

話一說完，她就頭也不回地跑了。

我轉頭望向窗子，天空開始入夜而有點黑呢……

「沒想到已經是這種時間了，對了，考試將近，趁不你用打工，就把閒出來的時間用來跟月兒溫習好了，反正，她很精神。」世音抓過月兒，一副幹勁十足的樣子。

我自然不敢說步，跟流馬打了聲招呼，準備到世音家去接受鞭策，盡盡學生的本分。

「那你們先回去吧，利莉應該要睡上一陣子才會睡醒。」流馬朝我們揮揮手。

「嗯，那就再見囉！」

「維爾？怎麼了，你累了嗎？」

「不……稍為想起過去的事而已。」維爾伸了一個懶腰，轉過身望向窗外，天空漸漸入夜，晚霞由紅漸轉成黑色。

「原來已經是這個時候呢……」維爾轉過頭看著卡娥絲，「一直讓妳為他們訓練辛苦妳啦。卡娥絲。」

或許是因為提到了過去的回憶，在這一瞬間看著面前的半龍少女，他總覺得彷彿那個夢中的女孩又回到了眼前。

「不，反正這種事都一星期兩次，我其實也很享受現在的生活。」卡娥絲笑著說。

「看來你們的關係很融洽呢！一個月前的操場上戰鬥，老實說我也有點擔心的，不過現在都不用了吧？」維爾笑著說道，目光微閃了閃，走到卡娥絲的身邊，為她的衣服進行修復。

當她一轉身，背後總會有因為戰鬥訓練而造成的明顯傷勢。大概是每次都依賴自己的翅膀防禦吧……

「還會有其他很痛的地方嗎？」維爾開口問道：「每次看到妳身上衣服都有點破損，看得出他們四個很努力呢，但，這個樣子就令我更擔心起來。」

「不，沒有了。總不能每次都依靠蛋白呢……」

「咦？蛋白？她怎麼了？」

「咦，不，沒什麼！」卡娥絲的臉微微漲紅了，一直低著頭。

……蛋白嗎？老實說第一次看到她時，他也不自覺地想起了夏娃。

維爾溫雅一笑，「沒事就好……等一下就治療完成了囉。」

習慣性地，他絕不在卡娥絲面前提起那個禁忌的名字。

說起來，他成為了「喚龍」都已經有十六年之久了吧……不過，那又怎樣？現在的他根本就不算是什麼「喚龍」。

他只是個一直被夏洛克和那個人的事煩擾著，同時也是被龍族的威嚴所束縛著的傢伙而已，又或者是，他只是在冬司他們面前耍帥著的人而已……

他不知道為什麼明明全知全能的「母親」就算知道一切，也要藉由他出手？他不知道為什麼明明全知全能的「母親」可以一直觀察這一切，卻裝作什麼也不知道。然而夏洛克在想些什麼？那個人現在又在那裡？

他一概只能得到被動的訊息。

就算在實驗成功之後，開始變得能夠操縱時間，得到「喚龍」的名譽，他還是覺得自己只是個覺悟不夠的小鬼而已，即使年紀大了，卻依然幼稚……

但如果可以的話，他根本就想不要什麼「喚龍」，什麼魔法也不想去懂。

他只想回到那個城鎮生活，就這樣而已。

但現在的他已經是再沒有彆扭、逃避責任的權利。

他的人生中已經犯下了二個錯誤，現實已經反映了這點。

而他不願再製造第三個。

只不過現在要對抗的對手，可是神一般的「母親」以及「龍族」們。

明明早就成為「喚龍」的一刻開始，他就早有覺悟，但跟現在比起上來，那時的覺悟真的很幼稚，只是單純沉醉在被神推舉成「神」的高興之中。

比起夏洛克和那個人，他的覺悟和實力根本就不是什麼……

如今的他，根本就跟「龍族」的專屬傀儡沒有兩樣。

「維爾？」

「是。」

「怎麼了，我已經沒事了啦。」卡娥絲關切地望著維爾。

「呃，剛剛有點發呆而已，好啦，回家吧。」

「剛剛有在想什麼嗎？」

「不，沒有。」維爾淡笑地代過。

每次看到卡娥絲對自己千依百順，他心中對龍族總會有很大的矛盾。

卡娥絲的確很無知、只是一個稍微會背東西的笨蛋。

但多虧了她這樣子，他才能支撐住自己的矛盾的心理——既討厭也喜歡卡娥絲這個或是整個「龍族」的心理。

這孩子到現在還是不懂夏娃死時的那個表情的含意，而低落到現在——

這是他在「心靈相通」的「龍族」和契約者之間的特有能力之下知道的。

但他也有屬於自己的煩惱。

他真的要一直聽命於「母親」的命令之下嗎？

殺掉夏洛克和那個人真的會是他永遠必須做的事嗎？

當想到他們兩個人的想法之後，他真的下不了手，也根本不忍心讓冬司他們替代自己而作後備，踏上復仇的路。

但，夏洛克又惹上冬司，魔力無止境地逐漸增加，在另一個世界的冬司。

他也不想冬司等人被利用。

所以就算現在透過卡娥絲集合他們，讓卡娥絲好好訓練他們，其實都只是在做做樣子，復仇什麼的，他根本不想讓他們去做。

他後悔向冬司他們透露得太多，明明只是避免殺戮就好，一直旁觀著他們就好……就是這樣才知道自己根本就沒有改變過。

但是，現在禍根都滲透在這個世界之中，波及了少年、少女們，特別是冬司，他實在很後悔給他一個希望。

現在只有期盼自己最後能夠解決整個問題了。

因為當日他的失言，才讓冬司的怒火和復仇心燃得更為猛烈。

可冬司不知道的是，連魔法生物們這種不該再存在這個世上的種族，也是龍族該殲滅的對象，只不過「龍族」卻沒有下令他這樣做。

除了殺掉那兩個人，「母親」都沒有多說一句話。

大概因為蛋白他們並不是那個世界的生物，元兇永遠只有夏洛克。
不過可以看出，連龍族暫時都對夏洛克沒轍吧？
當中的原因他不想知道，可他也絕不會錯過這個機會。
他不想再看到更多的犧牲者了。
那個人在他面前扔下「寧花」的那個時候，他想哭也哭不了，他不想再看到有人背負跟他一樣的痛苦了。

「吶、吶——妳有沒有聽說隔壁班好像來了一個插班生喔？」
「哎唷，好像是耶，聽說好像很帥氣的說！會是男生吧！」
「但，我聽回來的是女生喔！」
第二日早上，我回到教室就聽到這樣的新聞。
果然，女生們收集八卦以及情報的能耐堪比新聞記者啊。
不過，隔壁班有個新同學嗎？
我略想了下，這樣一來我好像有點印象，剛剛經過三樓的教師職員室前，好像有個陌生面孔走了進去……話又說回來，那人還真辛苦啊！六月底正好是期末考，居然在接近考試之前才進這間學校。
算了，反正隔壁班的事又不關我什麼事。

我和月兒走到自己的座位上，剛拉開椅子，下一秒鐘，原本沒有東西的抽屜裡，又滑出了一封白色的信。

還來啊！這到底是第幾次了……

我整個人又無力地向旁邊一歪，第一次是流馬，第二次是卡娥絲，第三次又會是誰？為什麼最近的人們喜歡用書信通知別人？

再這樣下去，會不會某天，突然有隻嘴上綁著信紙的飛鴿飛到我家的窗前啊？

我呆望著信封。

冷不防，啪！一聲巨響。

我被嚇了一跳，連忙望向聲音的方向。

「我叫了你很多次了啦。」站在我面前的是流馬。

他手上還拿著封跟我一樣的白色信件，朝我揚了揚，「你看完了嗎？」

「我剛剛才坐下來耶，話說回來，你又是何時回來兼看完這封信的？」我忍不住嘀咕。

「這種事不重要啦！重要的是不得了啊！這次——」流馬催著我看信。

我看了下信的內容，又是放學後在天台見面這種老梗，沒什麼新意，但，署名卻令我傻眼了——

「……艾絲？欸、欸、欸？」我驚訝得脫口叫嚷。

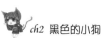

流馬舉起食指按著我的嘴唇，「冬司，冷靜一點！被人聽到可麻煩了！」

「不會吧？為什麼她會找上我們這種人？」意識到自己過於激動，我降低音量說道。

「這次麻煩了喔……」流馬也攤開他的信紙給我看，是同樣的內容沒有錯。

「會是一個月前的目擊者嗎？」我再次望回自己的信，我托著頭陷入沉思。

「不可能！俺記得卡娥絲說過已經在學校中展開結界，她也說早就做好了事後處理，叫我們不用擔心太多。」

「那時候，應該還有像世音這樣沒離開學校的學生吧？」

雖然，整間學校的確沒有人提及過上個月操場上的戰鬥事件，我曾經好幾日在網上利用相關關鍵字查了一下，也沒什麼相關的資訊，但現在看到這封信，顯然，已經有個疑似目擊者的人出現了。

「對方可是某高中的大小姐啊……先等卡娥絲回來再談一下吧？」頓了一頓，流馬補上了句：「還是……要先向她保密？」

「不用了吧，我猜卡娥絲應該也有信了。」我想了想，「沒有的話，就不要說吧。」

「是喔，那麼放學後再說吧。」流馬把信折成紙扇，邊揮邊回到自己的座位。

月兒歪著頭望著我，純粹的眼神透著不解與迷惑。

真希望不會有嚴重的事發生……我心中這樣呢喃著，嘆了一口氣。

就這樣，心猿意馬地挨到放學的鐘聲響起，跟老師都敬過禮後，我們四個就立刻收拾好、跑上天台。

我推開天台的門，還以為對方會像上次卡娥絲那樣早早現身，但，放眼一看，整個天台除了我們外都空無一人。

我們等了一會，卻都沒有人出現的樣子。

而且看樣子，卡娥絲和世音都沒有收到信。

「會是被耍了嗎？」等了良久之後，流馬就開口道：「難道，有錢人都會有這種耍人的癖好？一口氣耍了四個人很好玩嗎？」

「不會吧？再等等……」我才說著，天台的門被打開了。

「還以為我是最早到的那一個呢。」兩道身影一前一後從門後走了出來，從未聽過的女生聲音傳入我們耳中。

當先的那人是艾絲。

秀麗的金髮、豐滿的身材，一身被改得有點長而不俗的校裙……她整個人就像她的名字一樣，散發著西方人的味道。光是看到她這樣子，就知道為什麼男、女方都有著幾個後援會了。

但，跟在她身後的女生我卻從來都沒有見過。

跟在大小姐背後的她，有一頭短黑髮，雖然有著可愛的臉孔，但是卻面無表情，感覺十分難以接近。最奇特的是，她頭上竟有著一對像是狗耳的耳朵……

「初次見面，那麼我來先自我介紹吧。」艾絲落落大方地看著我們，「我叫艾絲，相信你們也知道了吧。我身後的人是艾比，是我的魔法生物，同時，也是我的專屬女僕喔。」

啥？專屬女僕？也沒想到在女僕咖啡廳以外的地方，還能夠聽到這個詞語啊。

聽了這句話，我不由想像那個艾比身穿女僕服的樣子。專屬女僕這四個字從艾絲的口中說出來，還真是非常真實，非常有存在感啊。

「妳的魔法生物？」流馬抬高了下巴，朝艾絲身後的艾比一點。

「嗯，既然說到這裡就直入正題吧。」艾絲直對上流馬的目光，「一個月前，我看到你跟一個長著翅膀的女生戰鬥，當我看到時，就已經知道你是『操同使』了。」

略頓了頓，艾絲的目光轉向我，「你旁邊的那個人也是吧？」

「咦？」被突然點名，我感到有點錯愕。

「那女生的獸耳應該是證明吧……」艾絲逕自說道，指著天台又加了句：「呃，順帶一提，我是在這裡看到之前所發生過的事的。」

「是嗎？那妳想怎樣？」流馬淡淡地回了句，從語氣聽上去已經警戒起來了。

艾絲不答反問：「對了，那個長著翅膀的女生也是魔法生物嗎？」

「不是。」我搖搖頭，「妳想怎樣？現在一口氣把我們解決掉嗎？」

「當然不是啦。」艾絲用力地揮著手解釋：「我只是想來表示友好而已。」

「友好……嗎？」我鬆了口氣，但仍有些懷疑地望著她。

畢竟夏洛克那個臭老頭說在「魔法使的遊戲」勝出，會送給那個人任何一個願望的誘惑太大，甚至之前流馬都突然與我反目。

事實上，我也不知道自己和流馬何時會再開戰。

我想，每個人總會有一兩件要保護甚至追求的慾望，面對不知數目、隨時可能出現的新的魔法生物，我始終感到惘然，感覺就像在打一場永遠的不知幾時會完結的戰爭一樣。

「……難道你們不相信我嗎？」艾絲皺著眉，表情看上去似乎有點焦躁。

「不，我們沒有說不相信妳呢。」我向流馬望了一眼，然後對艾絲點了下頭。

我直覺再跟這個人扯上關係的話，就各方面來說之後的事可能會很麻煩，但就算我有多想擺脫眼前的人，基於是「操同使」的關係也根本離不開，所以事到如今，現在也只能夠看看事態的發展。

誰先出手，就會是彼此的敵人了吧……當然對我而言，就算以第三者的角度去看待整件事，若艾絲對流馬出手的話，我肯定會跟流馬聯手對付艾絲的。

到時，事態就會演變成六個會魔法的人的大型戰爭，直到有個人犧牲掉，才能平息下整件事。

老實說，我真的不想有任何人的魔法生物犧牲掉。

就目前的線索來看，會演化成魔法生物的大概都是操同使的寵物，換句話說，就是雙方都是打從心裡喜歡著彼此，才會演變成現在「操同使」和「魔法生物」的局面。

也就是寵物對主人起了極強的愛慕心情，被夏洛克那老頭感應到才變成了魔法生物。

從流馬的情況來看是如此，我當然也是。

但，我根本無法肯定其他人怎麼想，艾絲會因為知道艾比是自己的寵物後，變得極度保護她，而像流馬一樣就算連朋友都不惜反目的地步嗎？或是還有更進一步的想法，例如夏洛克所說的，因願望帶來的利益關係而變得貪婪，為想得到願望而不惜殺掉其他魔法生物……

當然，以艾絲這樣的身分，不管想要什麼幾乎都是垂手可得，應當不會有太過貪婪的渴求，但，世事難料。

所以，就目前的情況來說，至少在艾絲面前對卡娥絲的任何事隻字不提，就是目前我覺得最應該要做的事。

「你們喔……但你旁邊的流馬都好像還沒說話呢！」艾絲有些刁鑽地回應著。

「不，俺也沒關係啊。」流馬適時地插嘴，「能夠跟艾絲成為朋友，俺開心都來不及了呢！太好了！」

他笑得十分豪邁，盡顯他能夠跟任何人成為朋友的風範。

「你果然真是有趣的人呢。」艾絲輕輕地笑了，目光轉向利莉和月兒，「對了，還沒跟你們的魔法生物打招呼呢！」

「嗯，這個貓耳女生就是俺的魔法生物，利莉，旁邊的兔耳女生是蛋白，冬司是她的主人，他們都比較怕生而不太會說話。那麼，請多指教了。」

……怕生嗎？我眨巴了下眼、撓撓鼻心，雖然不知道流馬這麼說是什麼用意，不過說得也是啦。

「那麼，請多指教。」艾絲笑著向我們伸出了手。

就這樣，天台上的會談和平落幕了。

然後，在同一晚流馬打了電話給我，說出他所想的，結果，有一大半倒跟我所想的差不多。

雖然，她說會相信我而不會對我出手，但這只是暫時性的事而已。我相信，在某日，我跟她們兩個會有戰鬥的那刻，即使只是迫不得已……

不過未來的事誰也說不準，暫且不提。

現在，我跟流馬只能電話中達成一項共識，那就是艾絲的身分先對卡娥絲保密，世音也是。在他們問起之前，我們絕不會跟他們說這件事。

之後就是靜觀其變，留意艾絲和艾比的動態了。

第二日，整天都不見艾絲來找我們，我原以為會渡過一個平靜而往常的日子。

但沒想到到了午飯時間，全班突然喧嘩起來。

我望向門口的方向，只見艾絲和艾比走了進來。

艾比的手上還拿著一個竹籃。

「冬司同學，有興趣一起吃午飯嗎？」艾絲走到我面前詢問。

「咦？咦咦咦？」我沒有聽錯吧？

「怎麼了？」流馬邊說著邊走了過來。利莉則好奇地跟著他。

「喔，我也正好想找你們呢，流馬同學。」艾絲笑著提出邀約：「不如我們一起去吃午飯好嗎？」

艾比遞過了蓋著的竹籃。裡面的東西，就算沒有掀開都好像很吸引人的樣子。

「是沒問題啦……」流馬遞了個眼神給我。

「慢、慢、慢、慢著！冬司，怎麼你會認識艾絲同學？」世音也加入了對話，臉頰泛著一層紅暈，神情似乎有些不痛快。

……這件事也可以生氣嗎？

我有些無奈地撓撓鼻心，「啊，就是認識啦……不過要解釋的話……」

「所、所以我也要去。」世音急急地打斷我的話，「之後再聽你解釋。」

「嗯……這次沒有預計太多人呢！」不等我回話，艾絲已經率先開了口：「如果妳想的話，下次我可以再叫妳一起去喔。不過今天，畢竟是我們六個人的私事呢。」

「什、什麼？」世音驚訝地說不出話來了。

「嗯，就我們六個喔！雖然。我也知道妳和他們也有些關係……」艾絲彷彿低語了句。

「咦？妳在說什麼？」我聽不真切。

「沒什麼……好了，冬司同學、流馬同學，利莉和蛋白，我們快離開這裡吧。」艾絲環顧了下四周，「畢竟這裡有點不便呢。」

話一說完，她便從這個課室離開了。

「走吧。應該沒有問題的。」長吁了一口氣，流馬也跟著離開了。

「……這到底是怎麼回事？」我正想離開時，世音又叫住了我。

她的樣子看起來好像很低落，我一時不知道該怎樣回答她才好……

「只是去吃飯而已啦。」我支吾了老半天，只能這麼說。

「為什麼你會跟她認識？」世音又追問。

「解釋的話要很久的時間……」我無奈地撓撓鼻心，「下次再跟妳說好嗎？」

「是喔……」世音瞪著我，有些酸不溜丟地說道：「有校花級的人邀請你吃飯，就趕著離開了啦。」

「不是這樣！妳到底在想什麼啦？」我翻了個白眼苦笑，隱瞞，果然是件很困難的事。

「明顯就是吧？」世音輕哼。

「沒有就沒有啦！笨蛋！」我沒好氣地彈了下她的額頭，「……下次再跟妳解釋，好嗎？」

「說好了哦。」世音認真地看著我。

「嗯。」我拉著月兒的手，拿起裝著超商便當的袋子離開課室。

回想剛剛跟世音間的對話，我總覺得她好像有點吃醋的樣子，是我多心了嗎？

我心想，隨即把這個詭異的念頭拋諸腦後。

眼下，艾絲的事我已經覺得很煩了。

和流馬、利莉會合後，我們來到天台上，女兒牆旁邊已經擺上架有太陽傘的桌和椅子。

我們圍坐在椅上。我右手邊數過去的是月兒、艾比、艾絲、利莉和流馬。

當艾絲打開竹籃，裡頭排好的三明治展現在我們眼前，賣相不差，很有洋食料理的感覺。

這會是出自我們眼前大小姐的傑作嗎？我忍不住懷疑。

「今日的午餐時間總讓人很期待呢！」艾絲笑著表示：「我早起就準備了這些，不小心做得太多，你們要試一點嗎？」

這種分量，確實還真多得不小心呢！

如果我有預知能力的話，大概早就不帶便當回來了。

「喵嗚！這個好像很好吃喔，我們真的可以試一點嗎？喵？」利莉眨巴著眼，向其中一個三明治伸出手。

「……利莉！」流馬握住她的手喝止。

艾絲的表情瞬間有點沉了下來，「……流馬同學，你以為我會在這裡對你們做什麼嗎？」

「不、不是的。俺才沒有這樣想過。」流馬乾笑，鬆開了握著利莉的手。

「是因為我是『操同使』的關係又突然打擾你們，讓你們有戒心嗎？」艾絲若有所思地看著我們。

「才沒有這回事！」我堅定地說道，順手拿了一個三明治來吃，剛好是個鮪魚三明治。味道除了有點濃之外就沒有別的，基本上——

「很好吃啊！鮪魚三明治。」我打從心底這樣說道。

「魚！喵！」利莉跟著也拿了個鮪魚三明治來吃，「很好吃！喵，這個我最喜歡了。流馬也來試試看，來，啊——」

流馬雖然抗拒了下，但還是在利莉的餵食之下吃下了整個三明治。

我在一旁看著，總覺得這種畫面有點微妙……

「你們喜歡就好了喔。」艾絲笑看著我們，「想不到跟別人一起吃午飯，是一件頗開心的事呢。」

「難道妳沒有朋友嗎？」我隨口問道。

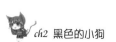

「雖然有，但還沒試過一起吃午飯，你們是第一批呢！」艾絲說著，拿起一塊三明治，「來吧，艾比，現在的妳也試試看我的手藝嘛。」

「是的，主人。」艾比說道，順從地由艾絲手上接過三明治細咬著。

就連這個時候，她臉上也是沒什麼表情。

比起魔法生物，艾比真的就像是待在艾絲身邊的模範僕人。

我心想，此外，沒想到艾絲平常是那麼孤獨，難道因為她是大小姐，讓人有點敬畏的感覺嗎？

看來比起人們成立無謂的後援會，艾絲更需要的是真正的朋友。

我心不在焉地思索著，冷不防，我的右手被輕輕拉了下。

「冬司……」月兒望著三明治，又看了看我、利莉及流馬，「……我也要來——啊。」

月兒神態十分平靜地說道，卻令我心跳臉紅起來。

「是喔，妳等一下。」我拿起夾著蔬菜，帶點英式口感的蔬菜三明治給月兒。

「很好吃。」月兒咬了一口，認真地說道。

「我真高興！你們喜歡就好了。」艾絲雙手捧著臉頰，笑得十分開心。

停了一停，她突然開口又問：「對了，暑假前的考試要來了呢，我們不如來組個讀書會吧？」

「也好啊……自己溫習很悶呢！倒不如一起溫習交換心得還好一點吧？」流馬附和

道，又隨口問了句：「不過是去妳的家溫習嗎？」

嗚哇——我忍不住暗吹了口哨，為他的單刀直入和神色自若。

「呵呵——作為朋友，流馬同學還真心急喔。」艾絲笑了笑，「我當然沒關係，只是我家有點嚴，朋友們都不能去我家……如果非要去某個人的家溫習，不如改去流馬同學的家，怎麼樣？」

艾絲連消代打，同樣是回絕得面不改色。

「喔、喔，去俺的家啊……」流馬輕哼：「雖然是讀書會，還真期待啊。」

「嗚喵喵——」微微一陣鈴鐺的聲響，利莉的臉色隨著聲線變得低沉，豎起的尾巴，像是連毛也豎起一般。

「只是讀書會而已，大家一起溫習不是很好嗎？利莉同學？」艾絲笑著說道。

「哼，反正考試什麼的都很簡單。」利莉挺起胸膛，說得自信滿滿。

「不，溫書也很重要吧？」抓了塊鯛魚燒塞進利莉嘴裡，流馬揉了下她的耳朵，「至少也要學懂一點應試的技巧啊，不然，俺們整個暑假都是補考、補考和補考了啊。」

利莉垂下了尾巴，「嗚喵……我不要那樣……」

「所以，就一起溫習吧？」流馬看著她。

「是啦、是啦，喵。」利莉嘟著嘴說道。

「對了，同樣是魔法生物，艾比的情況也是一樣的嗎？艾絲。」我隨口問道。

「對，校長說她如果沒有三個科目及格的話，整個暑假都會一直補考兼補習。」艾絲嘆道。

我神色一動，「所以說，校長也知道艾比的身分嗎？一眼看穿？」

「嗯！那時，真的嚇了我一跳。」艾絲說道。

「那，有沒有跟妳說特別的事？」我狀似隨意地問道。

「都不太記得了……因為那時我太驚訝了。」艾絲似乎心有餘悸地說道：「原本不抱希望，沒想到突然間卻可以輕鬆入學。一個月前，我也試著教艾比一般的課程，除了數理，其他都幾乎強得過分呢。」

沒想到，她也像流馬一樣去教艾比任何事。

我倒覺得有幾分意外，不過如果連艾絲的程度都強得過分，那麼，月兒的考試就一定輕鬆過關啦！

魔法生物的潛力，真的無法想像。

「那麼，這個周末就在學校等吧，反正學校到我家很順路。」流馬拍板定案。

我們則是點頭回應。

「對了，也可以請剛剛在冬司同學旁邊的女生來嗎？」艾絲突然又問。

「應該沒問題吧，世音不會拒絕的。」我點點頭。

「嗯，謝謝你。」

艾絲臉上露出十分燦爛的笑容。

我不禁鬆了一口氣，同時，腦海中又浮現了另一個問題，艾絲不知道我們的社團。就我們的角度來說還真是件好事。

但為什麼明明見過維爾的艾絲和艾比，卻不知道社團一事？這麼想團結「操同使」們的維爾，為什麼不告訴艾絲？

我不由陷入了深深的思考。

「你想去哪？」

放學後，我跟月兒準備離開課室到社辦，才走出門就被拍了下肩膀。

我回頭一看是流馬。

「社辦啊。」我腳步不停，嘴上隨口應道。

「你還真是個笨蛋啊……」流馬狀似十分無奈地嘆道。

我愣了下，瞬間醒悟過來了。

流馬沒說，我都差點忘了，因為社團的事要對艾絲保密，所以這段時間（其實沒有計劃到幾時），要跟卡娥絲他們先保持距離。

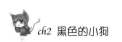

如果接近卡娥絲的話，她肯定一有機會，就會追問我們跟艾絲有什麼關係？

「唉……」我苦惱地抓抓頭，「我現在有點怕被世音知道這件事後會怎麼想，畢竟，我答應了要向她解釋的。」

「隨便你編個理由先打發她好了。」流馬無奈地嘆了口大氣：「反正，世音又不是不講道理的傢伙。」

「也對。」我點點頭，該向世音透露多少細節，我只要小心斟酌好就是了。認識了世音這麼久，她絕對不是個嘴巴不牢靠的人，而且只要我解釋過後，她就會放心，不再追問。

「快走吧！」搭著我的肩，流馬推著我往前走，「這時候，那個麻煩的大小姐應該已經回家了，不過以防萬一，俺們也快回去吧！以免那個人還在這裡，看到或聽到關於那件事。」

流馬故意強調「那件事」一詞，暗指社團。

「誰是麻煩的大小姐呢？呵呵。」冷不防，一道帶笑的聲音自我們身後響起。

「咦？」我們兩個有點嚇到，連忙回頭。

剛剛還在說的人居然出現我們背後。

這下連利莉和月兒都有點被嚇到，耳朵和尾巴陡然伸直了。

「妳、妳不是走了嗎？」我乾笑了幾聲。

「今天，我想跟你們一起繞一下路走呀。」艾絲笑著說道。

「是、是喔……」流馬支支吾吾，看來頭腦整個打結了。

「但午飯時，妳不是說妳家管得很嚴？這樣沒關係嗎？」我同樣尷尬不已，也在想她會不會聽見我們剛剛的對話？

「是沒錯呀，不過反正門禁是七點，稍為繞一下路沒關係的。」艾絲睞了我們一眼，輕輕笑了，「你們也可以嗎？」

可惡！美人笑起來就是漂亮得要死……我有些心猿意馬地想著，不過，原來這年頭還有門禁這東西啊？還是有錢人家們的自我紀律？

「不、不了，還得打工，再加上考試將近，我想先跟利莉溫習一下。」流馬挺不自在地找著藉口。

「我、我也是，月兒的成績讓人很操心呢！」我立刻跟進，心裡默念月兒對不起，這個時候只能夠找妳解圍了……欸，不要用那麼失望的表情看著我啦，對不起啦！

「但是流馬同學剛剛那句話，狠狠傷到我的心了……」艾絲誇張地嘆道：「明明說是朋友，原來，只當我是麻煩的千金小姐……」

流馬苦笑，「喂——求妳就不要這樣跟我說話好嗎？」

艾絲朝他眨眨眼睛，像要哭了。

「好啦、好啦！俺跟妳繞一下路啦，這樣行了吧？」流馬投降了。

我還是第一次看到他這副手足無措的樣子。

平常，他總是朋友間的領袖，活動的發起人，但現在的他，卻是被艾絲給牽著鼻子走了。

「呵呵，所以說除了艾比外，我最喜歡的是流馬同學了。」艾絲又笑得眉飛色舞了。

「……是、是嗎？」流馬有些赧然地笑笑。

……流馬，你清醒點好嗎？我忍不住暗翻了個白眼。

那句話，很明顯是假的啦！

「那麼，我們就走吧！我想去商店街看看。」艾絲說著，挽起流馬的手臂。

流馬整個人瞬間僵直了。

「艾、艾艾艾絲！妳知道妳在幹什麼嗎？喵！」利莉的尾巴伸得陡直，活像炸毛的貓一樣，大概連毛管都浮起來了。

「咦？這樣做很自然吧？保護女生，對紳士來說應該是要做的事呀。」艾絲從容自得地笑道：「而且剛剛的事，我想流馬同學得負上一點責任嘛。」

「我絕對不能接受！流馬是屬於我的！喵！」失控的利莉，立刻也挽起流馬的手臂。

面對利莉單方面的爭吵，艾絲只是邊聽邊輕笑著。

而流馬只是一言不發地望著天，他全身僵硬，大概累得連走路都變得有點生硬了吧……不過，有兩個美女挽手而行還真羨慕啊！

咦、咦？為什麼我好像也被人挽著手臂？

「冬司少爺，我們也一起走吧。」當我回過神來時，才發現挽著我手臂的人竟然是艾比。

「……少爺？慢、慢著！」我忍不住腳步一個踉蹌。

「請問有什麼問題嗎？」艾比反問，還是彷彿沒有感情一般的語氣。

但平常在月兒鮮少表情的訓練之下，我變得很能分辨得出他人表情的變化。我看得出她的眉毛比平常垂了下來，而嘴角居然有點上揚了。

我連忙轉過頭，赫然發現月兒臉色泛紅，甚至連頭髮也飄起來了……

這可不是鬧著玩的。

「月、月兒，這個……不是的……」我嘗試抽開手，但卻被艾比捉得更加緊。

「冬司……冬司明明已經有我了……」霹啪霹啪啪啪，有如火花爆開的聲音在月兒的頭髮之間爆了出來。

……這傢伙看來要放電了！

我心忖不妙，連忙想辯解，偏偏月兒壓根不肯聽我解釋，而艾比又緊緊地挽著我的手臂。

「冬司是……笨蛋！」月兒整個人都向我飛撲過來。

嗚哇，妳可是在發電中耶……不要！妳撲錯人啦！

「冬司少爺，請放心。」艾比鬆開我的手。

一時，我全身的肌肉好像突然變得僵硬起來，直到月兒抱著我的一刻，我全身都有觸到電流的感覺，但卻不痛。

這到底是怎麼回事？

「月兒……這是誤會啦。」我顧不了那麼多，立即用僵硬了的雙手緊緊抱著月兒，儘管活動得不方便也好。

「誤會？」湖水綠的大眼望著我，淡粉紅色的頭髮就像失去了力量了般垂下來，身體回復原狀了。

「嗯。」原來月兒的頭髮是這麼柔軟的啊……

我撫摸著月兒的頭，為她整理散亂的頭髮，然後，她轉而也挽著我的手臂。

「剛剛的事，對不起。」我向艾比說道。

「我沒在意。走吧，主人都在等我們。」她巧妙地避開了月兒的視線，牽起我的手而行。

於是，接下來的情況是我的左手被艾比牽著，右手被月兒挽著……有人可以跟我說，這到底是怎麼回事嗎？

好不容易，挨過了可怕的遊街之旅。

我拖著疲憊的腳步，和月兒回到家裡。

「月兒。」我喊她。

結果，她用一張超黑的臉瞪著我。

之後，一整個晚上只要我一接近，月兒的表情就會變得很陰沉，而且還不停發出咕咕叫的聲音，彷彿如果我再接近的話，就會被她咬。

難道，她還是在意剛剛艾比的事嗎？

「……妳在生氣嗎？」我擠上沙發，在她的身邊坐下。

「……我沒生氣。」她抱著丟臉騎士的布偶，縮到一旁。

「別騙人了。」我嘆了口氣，解釋：「我說那是誤會啦……」

「之後冬司……一直牽手。」月兒細聲地說道。

「月兒，對不起……」

「……哼。」月兒緊緊抱住丟臉騎士。

看來這個時候，我的地位根本連玩偶都不如了。

猛地想起了剛剛午飯時的事。

我走到玄關前的電話，撥號給流馬。

『喂？』

「流馬，是我啦。」

『冬司？幹嘛不直接打給俺手機啊？』

「我有重要事找你，你應該還對午飯時的事很清楚吧？」

『午飯時？』

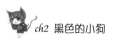

接下來，我好像聽到很噁心的笑聲。

唉，看來流馬已經被艾絲完全俘虜了，這個笨蛋傢伙……

「流馬，我先問你。利莉和艾絲誰比較重要？」

『當然是利莉吧。』流馬回答得很快。

「那麼，他們兩個同時跳下海的話，你又會先救誰？」

『這個問題嘛……嗚哇！利莉，妳在幹什麼？』

『快說喔！你到底會先救我還是救那個八婆？喵！』

該說貓的耳朵是很靈敏嗎？還是利莉根本一直待在流馬的身邊？

『俺大概也一起跳下去，跟妳一起殉情。』

多麼羅曼蒂克啊……我忍不住翻了個白眼，但，艾絲也要算進去嗎？

『好喔，喵！那麼我們就可以永遠在一起了，在那個世界和來生，最好也不要遇到那個八婆吧喵！』看來利莉沒有注意到，所以算了吧……不過老實說，利莉的嘴巴幾時學得這麼壞啊？

真希望月兒千萬不要被她教壞就好……

『那麼，俺們就回到正題吧，冬司，剛剛你想說什麼？』

「說之前，我比較想知道剛剛你說的話的真假……」

『當然是真的。這種有著明顯答案的問題就不要再談了！妳說是吧！利莉？』

聽筒的另一邊傳來了「喵！」的回應聲音。

看來利莉一直就在流馬的身邊，聽著我們講電話。

……可惡！相較月兒對我冷淡，利莉彷彿完全沒被影響到。

「也對。」我整理了下思緒，說道：「你還記得在午飯時那個八……艾絲的話裡好像提及到自己不知道社團一事，明明維爾一心想團結我們，卻沒有跟她說社團的事，未免太可疑吧？」

『也是啊，正常的話，校長應該有跟同樣身為「操同使」的艾絲說明一切吧？然而，她卻好像不清楚一切的樣子。』

「所以說，就這樣漫無目的下，就我們兩個單獨行動下去，根本沒可能知道到底發生什麼事啊……我想，還是計劃好之後的事會比較好一點，我總覺得，要做最壞的打算……」

『咦？』

「啊，沒事，我只是一時脫口說出而已。」

『不，俺也是這樣想，最好就要作出艾絲是敵人的最壞打算。俺們就最好繼續裝作什麼也不知道，社團還是去吧，如果世音或是卡娥絲問的話，就照實回答，不過，最好就繼續對艾絲隱瞞。』

「話說，直接跟艾絲解釋整件事就不好了嗎？」我尋思著。

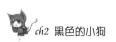

『不好。她太可疑了。如果真心想加入的，不是更應該想知道社團和卡娥絲的存在嗎？又或者會再詢問維爾啊。你想想，她只是對我們拉近關係啊。』

「說得也是。」

至少，流馬在人情世故上比我好太多了，不，應該說是疑心病太重嗎？

『而且……有些事，我曾經也做過，現在我也有點後悔那件事……所以，就繼續被動下去吧，有時這樣也沒差。最重要的是，俺比較想知道卡娥絲和維爾的立場。』

後悔……嗎？

我深吸了口氣：「之後的事，最好就是繼續靜觀其變嗎？」

『嗯，最好是這樣。』

「就這樣吧，那麼，明天見了。」

『ＯＫ，明天見。』

「……啊，等等！」

『怎麼啦？』

「要好好珍惜利莉啊。」

『俺會的啦。』

流馬大笑了幾聲，就掛斷電話了。

我掛上電話，突然被人從後緊緊抱住脖子。

「嗚哇！月兒對不起！」我下意識地說道。

「你剛剛在跟誰講電話？現在到底發生了什麼事？」說話的人是世音，掐在我脖子上的手用力一捏。

我倒抽了口氣、回過頭，「妳冷靜點好嗎？不如我們先到客廳坐一下喝個茶，好不好？」

世音鬆開了手，靜靜地走到沙發坐在月兒旁邊。

而我則拿了一張椅子坐在他們面前。

「冬司，告訴我……到底你們最近發生了什麼事？」世音用焦躁的眼神望著我，「為什麼跟艾絲突然變得這麼友好？為什麼剛剛你的口氣會這麼沉重？還有，為什麼你們最近沒有來到社辦？」

我則為了想著該怎麼開口而苦惱地抓抓頭。

「……是因為我不是『操同使』，所以你就不肯跟我說嗎？」世音有些失望地說道。

「不是。」我搖搖頭，解釋：「只不過，我不想卡娥絲和維爾知道我們在做什麼，所以對妳隱瞞而已。」

世音不滿地望著我，「我何時有把你的事說出來過？」

「沒有，但是這次的事有點嚴重，所以我才……」

「我明白的。」她挪開視線，轉望向月兒，「……我也很擔心你和蛋白。」

聽她這麼說之後，我也放心很多了。

略整理了下思緒，我開口：「其實，艾絲也是『操同使』。」

「那就是說新來的同學是……」

「艾比，艾絲的『魔法生物』。但是，他們卻好像不清楚我們社團的事。」

「不知道？怎麼可能！那她是怎樣知道你們是『操同使』的？」世音追問

「一個月前，她是除了妳外，第二個看到操場戰鬥的目擊者。當時，她就在天台上，然後就在今日，艾比就入學了。」

頓了頓，我又道：「他們也有跟校長談過我們的事，但，有沒有提及到我們的事，這點就很模糊，只不過他們卻非常之親近我們。只是就這樣而已。」

「就這樣而已？」

「嗯，我要說的都說完了。那麼妳可以答應我，除非卡娥絲向妳問起，否則都不要提及這件事嗎？」

「……我會的，那之後你們怎麼辦？一直靜觀其變嗎？不向卡娥絲和維爾尋求支援嗎？」

「不，因為我們仍不知道維爾到底有沒有向艾絲提及到社團的事？如果沒有的話，我想之後可能就會踩入維爾的陰謀之中。或許我想太多了，但，畢竟發生過那種事，還有兩個已經死亡的魔法生物，而現在的魔法生物，可能仍是龍族要殲滅的對象吧？

「維爾雖然曾經說要阻止夏洛克那老頭的這個遊戲，卻沒有強調保護魔法生物們的立場，暫時我們已知的，就是維爾和卡娥絲現在不會向我們出手，但，不保證之後會不會……我們就是最怕這樣。」

長吐了口氣，我繼而又道：「但如果有的話，那麼所有的癥結就是都指向艾絲，只不過我們想不到任何好的方法詢問他們，才有這樣的困境……」

「原來如此啊。」世音點點頭。

「對了，妳突然來是怎麼了？」

「呃，對了！要找你跟蛋白去我家吃飯。」

「是這樣啊……」我鬆了口氣。

解釋過後，這頓晚餐應該會吃得輕鬆一點吧……可惜現在，我還想著怎麼樣去哄月兒高興起來。

她一直惱我，直到晚飯過後，仍然是不讓我接近她。

回到家中，她仍然抱著丟臉騎士的布偶，看著沒有打開的電視機發呆。

結果，當晚的溫書活動都因為她的賭氣之下告吹了。

我沒想到月兒會氣到現在，只好扭開電視給她看，自己則是回到房間去溫習。

不久之後世音也來了。

她發覺我們的異狀，問我怎麼回事？

我只好一五一十地說了艾比的事。

「這樣的話，我也會惱你喔！」世音拋下這句話，就跟月兒一起洗澡了。

在他們洗完澡後不久，我驚覺到時間也不早了，送走世音，匆匆忙去洗了個澡，然後，連溫習的心情也被一併沖走。

「現在，月兒應該氣消了吧……」我擦著頭髮，走向客廳。

月兒就坐在沙發上打著瞌睡。

這樣的她很可愛，但，她是因為還氣得連房間也不想進來嗎？

「月兒。」我喊她。

她豎起了雙耳，然後轉過頭盯著我看。

「回房間去睡吧。」我關上電視。

反正這個時候還要讓她溫習，根本就折磨她，還是明天再說吧。

「嗯……」雙手擦了一下眼睛，月兒抱著布偶回房間，躺上床後，背對著我側睡著，連丟臉騎士布偶都沒有放開過。

算了吧，明天之後她應該會氣消了吧……

我看著她平穩的呼吸律動，關上了檯燈。

房間暗了下來。

不過因為窗簾是半透明的，而且樓層接近地面，外頭的街燈虛弱地照進來，所以視野沒有這麼昏暗。

我躺到地上，整個人因為月兒的關係輾轉難眠，心想著，難道她會一直討厭我下去嗎？

冷不防，碰地一聲！

月兒從床上掉了下來。

我看著她的側臉，上次她也是一直在我身邊安眠著，就算掉下來也沒有醒。

「冬司……」月兒閉著眼，嘴唇一開一合的。

……會是在夢話嗎？

我靜靜地看著她。

「冬司……不喜歡……我……了嗎？」月兒幾不可聞地說道。

我支起身，「……妳是醒著的嗎？」

怎麼了？她到底在作著什麼樣的夢？

月兒沒有回應我。

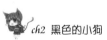

黑暗中，又傳來她斷斷續續地抽噎聲：「媽媽……不要不喜歡……」

……媽媽嗎？她已經很久都這樣叫我了，而且，我好像看到她的臉頰上有著兩道淚痕。

「……我怎會不喜歡妳呢？」我輕輕擦拭她的眼淚，「而且，我也絕不會讓月兒死掉。」

我真希望她會知道我在做什麼、說什麼……如果月兒以別的形式人型化在我面前出現，該有多好？

就算沒有復仇的機會，爸爸、媽媽回來的願望也不能實現，可至少我想，操同使們能夠平靜地跟自己的魔法生物一起生活下去，這樣子其實也不壞。

可眼下的現實是，縱使我們現在還過著平靜的生活，可我都不知道她明天會不會就離開我的身邊？

只要一想到這裡，我就覺得徬徨無助。

「媽媽……不要再……接近艾比好嗎？」

「我會一直在月兒的身邊。」我抱緊了月兒，希望她會明白我的苦衷和真心。

這句話、這種心情都是真的。

不過，我的這種心情可以就這樣傳達出去嗎？

ch3

滿江紅

由於艾絲一直黏著我們的緣故，直到星期五，我們都沒有好好和卡娥絲說過話，她亦沒有主動找我們。

直到星期五放學，艾絲和艾比很早就離開學校不見了人影。

而我們也好不容易找到機會，來到第三會客室。

一打開門，就看到卡娥絲和世音在裡面。

「還以為你們不會再來啊。」卡娥絲掃了我們一眼，口氣有點不高興地說道。

「俺怎會放棄每個能夠虐待妳的機會？」流馬輕哼。

我相信他這句話是指訓練戰，不過，他到底有多不爽卡娥絲啊？

卡娥絲不搭理流馬，逕自拋出問題：「現在，可以說你們跟那個人有什麼關係了嗎？」

「跟妳沒關係吧！」流馬毫不客氣地回嘴。

不是說只要她問就回答她嗎？

這情況讓我感到有點錯愕。

「如果妳想聽的話，可以去問冬司。」流馬直接把球丟到我這邊。

「咦？為什麼要我……」我本能地想抗議，卻被卡娥絲瞪了一眼。

好吧……

而流馬則壓根沒有向我解釋原因的意思。

「卡娥絲，在回答妳之前，我想問妳一件事。」我也不再拖泥帶水，開口道：「我聽過維爾說過，魔法生物們其實也是你們『龍族』該抹殺掉的對象，為什麼維爾和妳卻不對我們下手，反而是令我們更團結起來？」

「我不知道……」卡娥絲直截了當地回答。

面對這個答案，我不禁語塞起來。

而卡娥絲的臉上，則突然充滿了陰霾。

「身為龍族又整天待在維爾身邊的妳，怎會不知道？」流馬質問。

「那麼，艾絲跟我說過她不知道有社團的一事，是真的嗎？」這是我最迫切想要知道的答案。

「我當時不在場，我真的不知道……」卡娥絲好像有點焦躁地吼道。

「妳到底有什麼是知道啊！明明你們要團結起我們，反而瞞得最多的又是你們，當我們是什麼？道具嗎？」

流馬的脾氣也跟著上來了，「這種無謂的團結，我寧願不要！」

「我真的什麼都不知道啦！管理人數的方面幾乎都是維爾一手包辦，就算我使用心靈感應跟維爾溝通，也有不知道的事啊！」

卡娥絲很不安地呢喃著：「我總覺得最近的維爾怪怪的……我一直也有如實報告，可除了世音，就幾乎沒有人來嘛！」

彷彿宣洩一般，龍族少女就這樣帶眼淚跑出了會客室。

「心靈……感應？」我錯愕地望著她的背影，同時看到開門的那瞬間，維爾、艾絲和艾比就站在外面。

但卡娥絲並沒有理會，人就這樣跑掉。

我還是第一次看到卡娥絲這個反應，這情景，讓我跟流馬已經不知道該擺出什麼反應好了。

「……這到底是怎麼回事啊？」我苦惱地按著頭，一切真是我們想太多了嗎？

「冬司同學，到底發生了什麼事？」維爾定定地望著我。

「不，沒什麼……」我苦笑。

老實說，我真的有點想追著卡娥絲逃離這裡，因為照這一切看來，我們真的是嚴重誤會他們了。

「剛剛的事，其實我也聽到了一點。」維爾走了進來，「看來，我們的確是有些事情沒有說清楚，譬如關於我們的立場方面。」

深吸了口氣，他面無表情地看著我，「你們剛剛在說為什麼明明魔法生物是不應該存在的，我們不下手沒錯吧？」

我們點頭回應。

「的確，魔法生物是不應再存在於這世界上的物種，至於是為什麼？你們應該沒有忘記我說過的話吧？」

「是因為那一年的暴亂事件。」流馬說道。

「沒錯，但魔法生物不應該存在的地方，以我們的角度來說是指我們的那個世界，而蛋白和利莉原先是這個世界的動物，所以，他們是無辜的。事實上，『母親』也沒有向我們下達追尋夏洛克和那個人以外的事。」

維爾的臉逐漸變得陰霾起來，「雖然，『母親』也知道你們的事，但團結這個世界的操同使和魔法生物，其實是我個人自作主張。因為我實在不想再有類似的事發生了。」

現在，他的心情其實我是有點明白的。

維爾垂下目光，語帶無奈地說：「卡娥絲雖然身為龍族，也是只屬於我的龍，她所知道的事並不算多，所以，就不要太強逼她吧……有些事，我會在適當時候說出來的。」

話剛說完，流馬就跳起身跑出會客室。

「喵！流馬你要去那？」我詫異地追著他的背影喊。

「……俺要跟她道歉，這次的事俺誤會得太過分。」流馬說著，頭也不回地跑出了會客室。

而利莉也邊嚷著等等我，邊追著他去了。

「那麼，艾絲真的要加入這裡嗎？」我詢問維爾校長。

「當然囉。」

看來，他們真的沒有把我們視為敵人的意思，整件事情就是我們想太多了。

艾絲的加入，等於間接確保了月兒和利莉的安全，讓我鬆了兩口氣，放心得甚至有點腿軟，想就這樣倒下來。

「今日的聚會，應該因為卡娥絲的關係而到此為止了吧？對了，在訓練戰之餘，也別忘了月底的考試，不然在校外教學之後就是暑假的補考了囉。」維爾說著起身，「我有點事要先離開，今日就再見吧。」

「是的，校長再見。」艾絲、月兒和世音都跟著說校長再見。

「叫我維爾就行了啦。」維爾校長揮揮手，帶上門離開。

「對了，世音同學，明天我們會在流馬同學家舉辦溫書會，妳會過來嗎？」艾絲立刻轉向世音尋問。

「咦？流馬家？」世音有點驚訝地重複。

「對，流馬同學的家。」艾絲笑著點頭。

「妳也去……呃，等等，你們認識了多久？」世音顯然深受震撼。

「嗯，幾天了吧。」艾絲偏著頭道：「反正我們都是操同使也是『朋友』了，有什麼好在意的呢？」

「說、說的也是。」世音乾笑了幾聲：「不過那麼快就去別人家打擾，會不會太快了……」

「有什麼關係？只是溫書會而已啦。」艾絲俏皮地眨了眨眼，「而且，也有徵求流馬同學的同意了喔。」

「……是這樣喔。」世音像是終於投降了。

「對了，剛剛跑出去的是卡娥絲同學吧？」艾絲興致高昂地轉向我。

「呃，是沒錯啦。」我回答說。

「我聽校長說她好像是『龍』呢！而且也是文科之寶喔。」艾絲熱切地說道：「我也可以叫她一起來溫書會嗎？」

「……這個問題，還是不要問我吧。」

「那麼，我就去詢問一下流馬同學囉。」艾絲樂呵呵地起身，帶著艾比出了會客室。

我開始擔心如果把卡娥絲也叫來的話，會跟流馬發生什麼事了。

溫書日當天，我在約定的時候就跟月兒和世音一起到達。

而艾絲和艾比早就在學校的門口等待了。

我還以為答應得那麼爽快，最後會放鴿子變成我們幾個人的局面，沒想到他們真的來了。手上拿著的提袋，應該也是文具和書本吧。

「喔，蛋白、冬司同學，世音同學早安。」艾絲似乎也留意到我們，率先向我們打招呼。

「早安……」她說得太自然了，令我感到有些不知所措。

「艾絲同學，早安。」世音和月兒也向他們點頭當作打招呼。

之後，我們幾個就繼續靜靜地等待流馬他們。

我悄悄地打量了艾絲一眼，我原本還以為她真的是很健談的那種人，原來也是有流馬在的時候，才會有平常點的交流嗎？

碰上跟我和世音單獨在一起時，話好像都變得有點少了。

我應該要找些話說說嗎？

「冬司同學？」

「呃——是、是的！」

「請問有什麼事嗎？你一直望著我們。」艾絲困惑地望著我。

我才發現原來一個都不留神，我把視線都放在她和艾比身上了。

「嗯……只是在想該說什麼啦。」我有些尷尬地解釋。

「是這樣嗎？」

我想了想，隨口說道：「嗯……我在想，其實溫書的話去圖書館或者自修室不是更好嗎？」

「我不喜歡拘謹的地方。」艾絲很直接地回應了我，表情突然認真了起來，「呃，其實我不太喜歡那種氣氛啦……過度緊張的話，對著書本一秒鐘都覺得是件很麻煩的事，冬司同學不覺得嗎？」

「也是啦……」

「我不會做些什麼事的。」艾絲又向我微微一笑，「在有限的自由裡，我總不想緊張地渡過，可以離開那一個家一秒也好……」

說完後，她就沒有再說話了，轉過頭靜靜地望向其他的地方。

隱約之間，我看到世音也轉了過身，同樣望去別的地方去。

我很想開口跟她和月兒說話，舒緩一下現在的氣氛，但卻不知該說什麼好……

所幸在那之後，溫書會很平靜地舉行。

沒想到卡娥絲來到流馬的家後，表現得異常平靜。

她一直看著自己帶來的小說。

我忍不住感慨，這就是所謂文科之寶的實力嗎？居然連溫習也不用……至於我、流馬、世音，都用了非常原始的記憶溫書法去溫習，為了增加刺激度和學習效率，我們採取了答錯最多便請吃東西的懲罰。

而不太會說話的月兒和艾比，則是靜靜地看著教科書。

反觀利莉，卻是很有耐性地默寫出書上的重點文章及筆記要點。

老實說，他們四個平常就沒有寫筆記的習慣，利莉現在卻輕鬆地把平常教到的地方，一口氣默寫出來，到底那是什麼怪物級的記憶力啊……可以分一半給我們嗎？

看到利莉這個樣子，我就覺得考試肯定是沒問題的。

而艾絲則是寫著我們完全看不懂的數學練習，結果一問之下，她做的練習程度居然是超出我們的範圍，難怪單是數理科沒有人能超越她了。

總之所謂的溫書會，最後不過就是各管各的，間或感嘆一下「魔法生物」們的超強記憶力。

然後溫書會解散的那一晚，我和世音也隨機向月兒問出問題，不太會說話的月兒，都能夠斷斷續續的答了出來。

看來，她看書的同時也記憶著內容，我們兩人不禁都放鬆了下來。

就不知道這種記憶力，是不是也可以連同魔力跟我們共享？我忍不住這樣感嘆。

然後很快地，我們就捱過了月底的考試。

考卷發下來時，利莉笑著對流馬做出了個V字的勝利手勢，看來，這種程度對她根本沒什麼難度吧。

我也拿到了考卷，成績跟平常的沒有兩樣，反正能夠維持讓自己和也讓世音家滿意的水平，已經算是一件很好的事了吧。

我不由鬆了口氣。

但，當月兒跟著出去拿考卷時，老師卻好像露出了失望的表情。

「咦？怎麼樣了？」月兒回座後，我立刻開口問道。

然而她卻拿考卷遮住自己的臉，兔子耳朵都動了幾下。

「不能說嗎？」我再問了次。
月兒悄悄看了我一眼，立刻把視線挪開了。
「難道……」再次回想起老師剛剛的表情，我連忙把手伸向考卷。
但月兒緊緊地握著那份考卷。
「妳……不及格嗎？」我有點凝重地問道。
月兒輕輕點頭回應。
「不用怕啊，反正這只是其中一科而已，人總會有一兩科不擅長啦。」我笑著安慰她。
她聽見我的話後好像鬆了口氣般，把肩膀垂了下來，把考卷遞了給我。
「……三十分。」我驚訝得張大嘴巴，再仔細一看，除了選擇題的那份考卷全對外，卷二根本沒有寫過字，要說合格的話根本就是不可能。
我把試卷拿開。
月兒雙手抱頭顫抖著……是怕我會敲她的頭嗎？
「……沒關係的，只是第一科罷了。」我這樣安慰了月兒。
然而，這只是惡夢的開端而已。
接下來，月兒其他科目的分數都在三十分或以下，而且，只有填寫選擇題！
數學之類的，我聽過卡娥絲說既然邏輯運算差成這樣子的話那就算了，但，沒想到月兒會做出這種事來……該不會真的在桌上覆蓋空白考卷，然後，結束這學期吧！

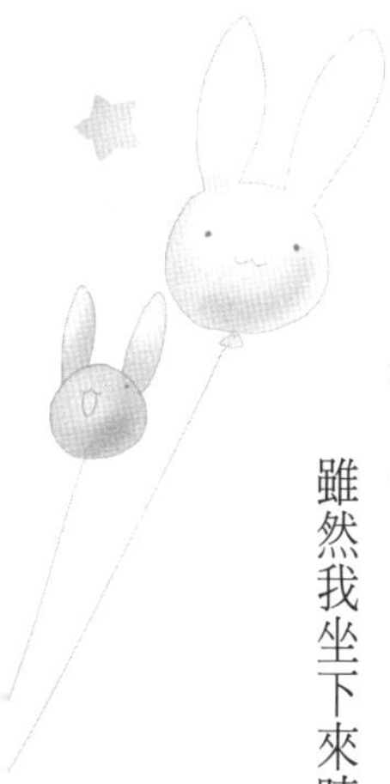

就算是這樣，在結束階段之前也有第二個主要階段啊！

就算我沒有關係，可要是世音知道了應該會超級生氣吧。

眼看月兒雙手抱頭，身子都縮成一團顫抖著，可現在的我，已經根本說不出任何體諒的說話了。明明就同樣擁有超強記憶力，為什麼月兒可以連字都不寫一個……慢著。

「可以讓我看一下妳的考卷嗎？」我連忙跑到利莉的座位，向她開了口。

「……喵？怎麼了？」利莉捧著臉頰驚呼：「冬司好像很焦急的樣子，喵？」

我雖然聽到但卻沒有心情回應她，逕自拿起了她的考卷。

的確，利莉的分數不至於像卡娥絲的全文科滿分，但分數都好像被扣得很少。

我再仔細一看，只因為她寫出來的全部都是公式得像是從書上面抄出，完全引經據典的內容，相反地，月兒的考卷上除了填上選擇題的空格外，另一份根本沒有任何字。

而且，每科都是同樣的情況。

……難道，月兒看得懂但不會寫字嗎？

「謝謝妳。」我把試卷交還給利莉後，才驚覺了一件事，那就是我從未看過月兒認真去寫字。

「月兒，我要認真問妳一個問題。」我回到座位上，正色看著月兒，「為什麼妳不寫字？」

雖然我坐下來時她反射性地閉上眼，緊繃起自己的肩膀，但一聽到我這樣說後就委屈地望著我，「不懂……寫。」

……不會吧？

我忍不住抽了下嘴角，再問：「那裡不懂了？放心說出來吧。」

「寫……好難……」月兒皺著一張臉。

「但是，妳看得懂字啊！」

「寫……好難……」她還是吐出這幾個字，之後就垂下頭緊按著自己的裙襬，「……寫文章……好難，總是……寫不到……自己想要的。」

我再次認真地望著她的考卷，現在才留意到上面有著寫過字的痕跡，但卻用橡皮擦擦掉了。

原來在我沒留意到她的時候，她是這麼努力的啊……或是她停筆發呆的時候，就是在想內容的寫法？

「不過，考試就別用鉛筆吧，太淺色的話，有些老師可能看也懶得看，給分也給很少啊。」我朝她露出了笑臉，安慰道：「哎，雖然沒有那麼嚴重啦，但聽說公開考試都會這樣子的，就注意一下吧。」

「但是……沒自信……」月兒幾不可聞地低語。

她一直沒有把頭仰起來，淡粉紅色的頭髮都遮掩著她的臉龐，讓我看不清楚她的表情，但我想現在的她，應該很苦惱文章的寫法吧……

「沒關係，離補考還有半個月，現在學懂去寫不是問題的。」我摸著她的頭鼓舞道。

「……真的？」月兒縮著身體，連聲音也在繼續顫抖，但眼神卻傳達著「我會去努力」的訊息。

我有些感動，正想再多鼓舞她幾句時，冷不防，我的頭被一隻手給壓住了。

「嗯？嗚哇？」我嚇了一笑，回過頭才發現原來是世音。

「吶，冬司，誰、說、沒、關、係、啊？」世音帶著怨氣似地逐字說道，超恐怖的。

我乾笑了幾聲，忙道：「沒、沒有啊，當然還是有關係啊。」

「所以呢，月兒就給我努力溫習到合宿活動為止！我會好好替妳補、習、喲。」世音鬆開了手臂，臉上的表情就算是笑著，額頭上的青筋也暴現出來。

月兒聽了之後，整個人都躲到我的懷中哭泣著，還不停說著對不起。

「我也會陪妳的啦。」我連忙安撫著她說，試著把她的心情平定下來。

這天的放學後，隔壁班的艾絲又跑了過來。

「那個……冬司同學，不如這個周末再舉辦多一次溫書會好嗎？」她雙手合十，表情有點焦急地說道。

「咦？妳原來也會考不好嗎？」

「當然不是！是艾比的問題比較嚴重……」艾絲苦笑。

「她怎麼了？」

「就是……她全部都考零分。」艾絲有些尷尬地說道。

「啥?!」我怎麼也沒想到會有人考得比月兒還要差，瞠目結舌了半天之後，點點頭，「再辦一次的話，我是沒關係啦，反正月兒她一樣也考得不好。」

艾絲欣喜地拍了下手，「太好了！還以為只有艾比一個考得不好呢。」

「妳這是什麼意思啊？」月兒考得不好會是件很讚的事嗎？

面對她這個反應，我有點不痛快。

「啊，抱歉……」艾絲吐了吐舌頭解釋；「因為遇到一個同樣面臨暑假危機的人，總覺得會放鬆起來呢。」

確實，聽到她的話後其實我也放鬆了一點，因為除了我們之外，月兒也多了一個溫習的同伴。

但是，有個疑問我卻未得到解答：「為什麼要跟我談溫書會的事?直接跟流馬說就不好了嗎？」

「因為看到艾比就會想起同樣感覺的蛋白同學，然後直接就想到你了。」艾絲笑著說道。

的確，月兒跟艾比雖然外表是一黑一白，但性格卻差不多相同，兩個都很安靜。而且艾比好像對艾絲非常忠心似的，也很黏著她，這點跟月兒很相像。

「是這樣啊，那麼，我一會再跟流馬商量的。月兒和艾比的性格差不多，應該會很好教，反正大家的底子都相同了。」

略想了想，我又問：「對了，上次的溫書會明明都各做各的事，為什麼妳又要再舉辦多一次呢？自己溫習不是更好嗎？」

「我噢，還是第一次參與那種活動呢！看到我們一起努力著就很開心嘛，以前，就算有人邀請我一起溫習，到最後也因為家裡的關係而只剩下我一個。」艾絲淡淡地說道。

「……喔。」話題一下子變得很沉重，我有些不知該怎麼接話。

「那麼就拜託冬司同學了，我要先走了囉。」艾絲向我鞠了一個躬後，便跑回自己的課室去了。

而我則是照慣例跟月兒打理一下兔屋後才回家。

隔日，在就在世音的淫威和艾絲的要求之下，溫書會再開。

只不過現在正在溫習的就只有月兒和艾比。

偏偏流馬和卡娥絲兩人，顯然因為考試過後輕鬆了而變得格外地吵。

「靜一點，卡娥絲。」世音不得不出聲警告。

「為、為什麼只說我？那個笨蛋不也也很吵嗎？」卡娥絲不滿地抗議。

「如果妳肯乖乖閉嘴的話，我敢保證流馬也不會作聲。」世音微笑地按響雙手的關節。

嗚哇——是微笑的移動炸彈耶！看來她還在生氣啊。

我很有自覺地不做聲，免得殃及池魚。

而卡娥絲也立刻就乖乖地閉上了嘴，把視線移開重新拿起小說看。

明明是龍還那麼害怕世音，世界也許變了。

我在心底小小地鄙夷了她一番。

「蛋白，不可偷懶。」世音回過頭，緊盯著身旁的兔耳妹。

「……嗚。」月兒呻吟了一聲之後，還是很努力地提起了筆，繼續在紙上寫著歷年的考卷答案。

在世音的教導下，月兒在單行紙上寫了各種角度，幾乎兩大張分量的答題稿……當然，寫這些答案起初是費了很多的心思去寫的，月兒也真的用鉛筆寫之餘，寫到中途全部擦掉而被世音強迫轉用原子筆。

現在，月兒明白怎寫後就不太需要我們的提示，第二份考卷全是自己做的，雖然答題的文筆還很生澀。

「那個……世音，都已經連續幾個小時啦，讓她休息一下好嗎？」我忍不住出口求情。

「不可以。」世音一口回絕。

我隱約看到月兒的眼睛濕潤了。

「就算她擁有超強記憶力，但她不是電腦耶。」我不忍心的又替她求情：「而且，每份考卷的出題模式也不一樣，只是教答題技巧和基本常識就足夠了吧？月兒又不是上課沒有在聽，同一份考卷就算做幾次都好像差不多……」

世音瞇著眼睛、雙手交抱不說話。

「拜託啦……」我雙手合十。

「好吧……蛋白，辛苦妳了。」世音嘆了口氣，摸摸月兒的頭，「先休息一會吧。」

聽到世音這樣說後，月兒鬆開了握著筆的手，整個身子都軟趴趴地伏在桌上。

「辛苦妳了。」我摸摸月兒的頭說道。

我也可以體諒世音面臨暑假危機的心情，所以才對月兒這麼嚴厲，不過看世音那樣子，將來可能會是很嚴厲的虎媽呢！

「艾比也累了吧？」見月兒的休息，艾絲也詢問艾比。

「不會。」艾比搖搖頭。

「休息會比較好喔，妳也跟蛋白一樣讀到現在呢。」艾絲笑著說道。

聽到這句話後，艾比才放下筆，起身伸了一個懶腰。

「總覺得有點渴……」我起身走向冰箱。

「啊，俺忘記準備飲料啦……」流馬跟進廚房，「啊，居然連水都忘記燒了！」

「沒辦法，那我就出去一趟好了。」我抓起外套跟錢包，「流馬一起去吧？」

「好，先等俺……」

「……我跟冬司少爺去就好。」艾比出奇地主動開口。

一時，全場的焦點都望向了她。

「不用了，妳剛剛才開始休息，就由我跟冬司去就好……」世音也插了嘴。

月兒則是不停地抽動著兔子耳朵，像在說我也要去。

「那麼，就猜拳來決定誰跟冬司一起去吧，喵！」利莉舉起了手。

看來，她也想出門的樣子。

艾絲則是輕笑了一聲，揮著手拒絕參加，又把注意力放回書本上。

結果，最後由艾比勝出這場無謂的比賽。

「我說啊……一起去不就好了嗎？」我無奈地揉揉眉角。

「我怕出去跑一圈之後，心情會會過度放鬆而分散注意力，才不想蛋白去耶……」世音解釋。

「不用這麼緊張，相信一下月兒嘛。」我回了句，跟著艾比走到玄關穿好鞋子、走出了門。

「一會兒你們回來，才付錢給你們囉！」關上門時，流馬在門裡面這麼喊著。

直到進了便利商店，艾比還是一言不發。

我們一直沿著街道靜靜地走著。

既然這樣，她為什麼非要參與剛剛那種無謂到極點的比賽、非要陪著我一起出門不可呢？

我有點不解，跟艾絲一樣待在流馬家不好嗎？

雖然艾比和月兒非常相像，都沒什麼表情連話也很少，但像歸像，我總覺得氣氛有點緊張……和艾比在一起，遠沒有跟月兒在一起時的輕鬆感覺。

不管了……還是先說些話舒緩一下吧。

「那個……」

「是的，冬司少爺。」艾比轉過頭。

「那個，為什麼要叫我少爺啊？」我挪開視線，望著便利商店內的冷藏櫃問道。

「因為主人吩咐過除了她，我也要好好服侍您。」艾比淡淡的語氣，就像理所當然一樣，「當然，我還是會以主人為優先的。」

「這樣啊……」我拿起罐裝橘子汽水，「妳好像很聽艾絲的話。」

「那是當然的。」

「為什麼？」我問了出口，隨即就覺得自己問得根本多餘，如果不聽某個人的話，還講什麼變成人的理由？

我正想說就當我沒問過，艾比卻回答了，「……我曾經是隻流浪狗，沒有人理會我，只是終日在到處走，餓了，我就找別人不要的來吃，直到有一天我累了，我看不清楚周圍發生什麼事，再也走不動了，那時我聽到主人的聲音，而當我醒過來時，主人就在我的面前。」

「原來，妳們曾經知道自己在做什麼嗎？」我有些意外地問道。曾經是動物的他們，對自己做過的事是否有意識，讓我十分好奇。

「是的，在那之後主人很細心地照顧我，我很想一直待在主人身邊報答她，但我卻一日比一日的疲累，我好害怕、好絕望。主人仍沒有拋棄我，好像一直煩惱我的事，直到有一日，有個很老的人出現在我們面前。」

很老的人……是夏洛克！

我皺著眉，聽艾比繼續陳述：「那時候發生什麼事，我不記得了。當我醒過來時，我就變成了這個樣子，不會感到疲累……應該說還會有一點的，但都影響不到什麼就是了。」

艾比停頓了幾秒，喊道：「冬司少爺。」

我回過神，「呃，怎麼了？」

艾比指著我的手，「您剛剛熔化了一個可樂罐。」

「咦？」我驚訝地望著手上一灘黑色，空氣中散發著甜甜的香氣的液體，地板上，也有因為熔化而扭曲了的鋁罐碎片。

「有發生什麼事令您困擾的事嗎？」艾比有些疑惑地望著我，「我說錯話了嗎？」

「不，沒有。」我望向收銀檯的方向，那個店員正張大了嘴，驚呆地望著我。

……糟糕！我剛剛無意識地使用了魔法，一會要怎麼解釋才好？

我邊拚命地思考著這個問題，飛快地拿下眾人要的飲料，流馬是可樂，利莉是牛奶，世音是綠茶，月兒是柳橙汁，我就隨便什麼都沒所謂……但，艾絲喜歡喝什麼呢？

「對了，艾絲喜歡喝什麼？」我轉頭問艾比。

「主人喜歡喝木瓜牛奶。」艾比說完，從冷藏櫃裡拿出兩個鋁箔包飲品放入籃子裡，看來其中一包是她自己的。

沒想到艾絲會喜歡這種平民化的東西啊……我心想，原本還以為只要家裡有點錢的富二代都很囂張，不過，艾絲倒是非常客氣而平易近人，平常也沒表現出什麼高傲的姿態就是了。

起碼目前為止，我看到的都是她這一面。

我提著籃子到櫃台結帳，連同被我熔化了那一罐的可樂一起付錢、道歉後，在那個店員充滿好奇的眼神下，飛快地離開了那間便利商店。

「我說，艾比。」我抬頭看了看天空，最近的天氣好像都沒晴朗過，就連心情都變得有點憂鬱起來啊……

「是的，冬司少爺。」艾比腳步輕盈地保持在我三步之外。

……該怎麼說呢？

我轉回目光，看著那張面無表情的臉，「艾絲會是妳的一切嗎？」

「是的，只要是她說的任何命令我都會實行。」艾比毫不遲疑地說道。

「那，妳有自己的想法嗎？例如自己會有想去做的事？」我輕輕地問道。

艾比呆站在原地，歪著頭凝視向前方。

難道我問了很奇怪的問題嗎？

「……就當我沒有問過吧。」我有些鬱悶地揮揮手。

「有的……」原本我以為不會回答的艾比突然開口：「只要是冬司少爺說的，我也會盡量去做，這就是我想做的。」

「咦？」聽見她的話語後，我回望著她。

我有點驚訝，魔法生物們不都只會喜歡自己的主人嗎？雖然沒有硬性規定要向自己的主人服務或者其他類似的事，他們不都是為了自己的主人，而擁有「變成人類」的想法嗎？

「什麼理由會令妳很想去這樣做？」我總覺得艾比有點怪怪的。

我有做過一些提升了她對我的好感度的事嗎？

我好像沒有這方面的印象耶。

「我也覺得冬司少爺對待蛋白時，跟主人對待我很相像，冬司對蛋白，就像主人對我一樣很溫柔。」艾比突然低下頭來，臉上泛起一層紅暈。

「……回去吧。」我轉開視線。

我不得不承認那一瞬間我動搖了。

縱使明白艾比臉紅的原因不是我，不過她的舉止行為，根本和剛能把說話說得暢順時的月兒沒有分別。

以前我跟月兒聊心事時，她也是這樣斷續地說幾句話出來，這兩隻魔法生物，未免也太像了吧！

艾比靜靜地跟著，冷不妨突然腿軟了下，整個人往我身上靠。

「妳怎麼了？」我趕緊接住了她。

「……沒事，只是突然有點頭暈而已。」艾比推開我、重新站好，立即向我道歉。

「妳突然出事的話，我也會很擔心的啊……」

「如果……如果我還是一隻沒人撿的流浪狗，冬司少爺也會幫我嗎？」艾比一臉期盼地望著我。

「為什麼突然這麼問？」我的腦袋瞬間打結成一團。

「呃——對不起，就當我沒問過吧。」艾比笑了笑，轉開目光。

我會幫助她嗎？

望著她的側臉，接下來一路上，我開始反覆思考這個問題。

「艾比，我大概也會幫妳。」走出電梯時，我說道。

「冬司少爺？」

「我會幫妳……聽到妳以前的事，我實在不知道該怎樣才好，不過，我會幫你的。」
我肯定地說道。
「謝謝。」艾比由衷地笑了，「其實冬司少爺有這份心，我已經很高興了。我們快進去吧。」

ch4

備戰

我望出窗外。

近幾天的天空仍是被灰雲所占據，陽光間隔地從雲層之間照射進來，不過，最近天氣開始穩定，雨也沒繼續下了。

「準備好了嗎？」我走進房間裡。

穿著便服的月兒，坐在床邊呆望著窗外。

她旁邊的粉紅色包包被撐得滿滿的。

「天還算亮，大概之前下了一場雨之後就沒什麼了吧。」我跟著望出窗外，而後拉了她一把，「先到學校去吧。」

她從床上跳下來後，拿起包包就先離開房間了。

我再檢查了下電源開關。

確定關好所有電源後，我們就離開了家門。

「冬司，跟我來一下好嗎？」

在教室入口換上室內鞋時，卡娥絲突然叫住了我。

「啊?怎麼了？」她很少在這個時間找我，讓我覺得有些不尋常。

「我有點事想跟你說。對了，流馬他呢？」

「應該到了課室了吧……咦，他在妳後面。」

卡娥絲爽快地轉過身。

「幹嘛？」剛走過來的流馬嚇了一跳。

「現在有空嗎？」

「嗯。怎麼了？臉色不太好看的？」

今日到底吹了什麼風？流馬居然會主動慰問卡娥絲！

我挑了下眉，朝樓梯指了指，「去天台吧。」

卡娥絲先轉身離開了這裡，往樓梯的方向走去。

利莉歪著頭喵了一聲，流馬搖了一下頭。

待他也換好室內鞋後，我們便跟著上天台去。

天台的門沒有關上。

我們穿過門後，帶著濕氣的微風迎面而來。

穿著校服的卡娥絲一直站在鐵絲網前。

「怎麼了？一副奇怪的樣子？」我試著打開對話的匣子。

「你們不覺得奇怪嗎？」卡娥絲的手向前一伸，向著灰白色的天空攤開了手掌，「除了我，維爾也覺得這個低氣壓很奇怪。」

「那裡奇怪？」我和流馬交換了個眼神。

「在這個低氣壓裡，總覺得有股很強大的魔力。」卡娥絲依舊頭也不回，望著遠方說道。

「魔力？」我神色一動。

「怎麼可能？這個世界又沒有魔法師。」流馬不以為意地揮著手。

「但這個世界，有的是『操同使』。」卡娥絲淡淡說道。

我有點驚愕。

流馬更是沒好氣地嚷嚷，「不可能！俺們也是操同使，可別說是颱風，就連低氣壓俺們也沒有辦法形成啊。」

「的確，要形成像樣的颱風甚至要操縱天氣的話，可要用上十個懂得大氣元素的魔法師的魔力，但，這個世界不要說魔法使了，連計算你們在內，都不曉得有沒有為數五個魔力來源的『魔法生物』。」

卡娥絲雖然和我們對話著，可目光始終眺望著遠方，「夏洛克有跟你們說更多『操同使』的事嗎？」

「沒有。」我和流馬異口同聲說道。

「其實，我有個問題想問。」我走前了一步。

卡娥絲轉過身望著我。

「我只是問一問而已。」我定定地注視著那巨龍化成的少女，「既然不開戰，那麼我們要怎樣才能見到夏洛克？怎樣才能終結這場連人數也不知道的遊戲？一直這樣子行嗎？」

「冬司……」流馬有些急切地喊道。

卡娥絲一直盯著我看。

現在我才發覺到她的眼神銳利得很可怕，在水藍色的雙眸之下，蘊藏著不像是人一般的銳利而細小瞳孔。總覺得這種眼神像刀劍一般，下一刻便刺穿我的身體。也許這就是「龍」的魄力……

「我當然知道你很想見到夏洛克。」卡娥絲冷淡地說道：「但眼下你們仍不成氣候，即使能直接去到那個世界也只是自殺而已，大概連夏洛克一眼都不會看到。」

我不由握緊了拳頭，「那就是說只要我們變強，你們就會帶我們到那個世界嗎？」

「這可要看維爾和『母親』的本意了。」頓了頓，卡娥絲又道：「我暫時，對你們來我們的世界不抱持什麼意見，不過，那裡並不像這個世界那麼安全。」

「先不說這個，這個低氣壓真的很古怪嗎？」

打斷我們之間緊繃的氣氛，流馬追問：「現代根本還沒有控制天氣的裝置，也沒有魔法師的存在，就算單靠魔力有限的操同使不可能製造颱風，而且老頭也說過，每個操同使的魔法都由自己的心境演變出來的。」

「那麼除非擁有無限魔力，不然單靠一個施法者不可能製造一個颱風，但問題是，製造颱風的人是誰？未知的操同使實在太多了。」卡娥絲托著下巴沉吟道。

「無限魔力？」流馬呢喃著，與我互換了個眼神，世界會有那種玩意的嗎？

「在我們的世界中，要做到『無限魔力』並不是難事，只要一個人用大量的魔力去把自身的魔力強鎖起來，再形成一個永轉並會自發性進化的魔力環，施法到目標之中，那個目標就會有施法者的魔力。」卡娥絲解釋。

「這也太扯了吧？不過有誰會這種魔法呀？」流馬驚訝地問道。

「這種魔法因為可以讓重症病人完全康復，所以算是白魔法之一。」卡娥絲又道：「病人會繼承施法者的魔力，而施法者只需要一段極長時間的休養，就可以回復到原本水平的魔力，最長則大概六年。」

「其實這樣的話，你們那個世界只要每個人都這樣做，每個人也是『無限魔力』吧？」我問道。

「並不是每個人都能夠承受得了。曾經有個這種實驗，有普通人接受『魔力環』。最後那個人因為承受不到強大的魔力而身體自爆而死。只有病得極嚴重的人才能倖存。」卡娥絲說完後，銳利的眼神射向我，「冬司，當初我就覺得奇怪……」

「奇怪？」我神色一凜。

「在這個颱風裡充滿著夏洛克的感覺，你的魔法也是，反而流馬的就不太明顯。」卡娥絲說道。

「夏洛克……的感覺？」我的頭腦頓時陷入一片空白。
「對！你小時候得過什麼大病嗎？」卡娥絲追問。
「……」我的思緒亂成一片，完全反應不過來。
「冬司？」流馬推了推我。
「啊！是……」
「你小時候有大病過嗎？」
「心臟好像出了事，是什麼病我不太記得了。」深吸了口氣，我艱難地開口：「我只知道我老爸死了之後，我才奇蹟地逐漸康復……」
卡娥絲若有所思地繞著手沉思了一會，方道：「勾起你不想記起的回憶，我感到很抱歉，但不排除你有『無限魔力』的可能性。」
「那麼俺想知道，利莉他們的魔力來源到底來自那裡？」流馬插嘴說。
「精神力。」卡娥絲解釋：「如果由一般魔法師去重新構築一個身體，並注入魔力的話，只需要半年就可以構築完成。」
頓了一頓，她又道：「在蛋的狀態之下，被注入的魔力會和精神力會自發性地融合起來。雖然用光魔力並沒有任何嚴重影響，睡一個覺就可以回復過來，不過嚴重則會昏迷……這樣你們聽得懂嗎？」
「其實，不是很難懂啊……」流馬乾咳了一聲。

「冬司呢？」卡娥絲看著我。
「呃……嗯。」我心不在焉地應道。
其實，我根本沒有注意聽那段說話。
我只在意自己到底和夏洛克有著什麼關係？
「冬司，你會接受不了自己的魔力跟夏洛克有相同的感覺嗎？」卡娥絲若有所思地看著我。
「不會……」我不太願意去回答這個問題。
「我也不肯定的啦……只是一直有這樣的感覺而已。」卡娥絲咬著嘴唇，有些焦躁地說道：「如果你真的想知道的話，可以去找維爾。畢竟不管怎麼說，維爾的直覺都比我好。」
「嗯。」我不置可否地點點頭。
「喵──」
「利莉，妳在叫什麼？」流馬說。
「好像少了艾絲和艾比……」利莉環顧著四周。
「對耶……不過她知不知道其實都沒什麼所謂啦。」卡娥絲說道：「我和維爾覺得這個颱風很可疑，又不能肯定，所以維爾才沒有說什麼，會找你們，只是我的自作主張。」
「……冬司。」月兒突然扯了扯我的衣角。

「怎麼了？」

「包包……好重。」月兒可憐兮兮地看著我。

「也是時候該回去早點名了。」流馬十分淡定地強調：「颱風什麼的其實也沒有什麼啦，說這麼久，俺只是覺得你們想多了。」

「……我也希望是我們想太多了。」卡娥絲咬著唇，表情顯得十分焦躁。

我們學校並沒有修學旅行，而是每年在考試過後必定會有例行的合宿活動，但是三個學級的地點總會跟上年的一模一樣就是了。

眼下，我就在前往合宿地點的學校的旅遊巴士上。

巴士駛出了隧道。

我拉開窗簾，海邊的風景映進了眼簾，但天空卻比我們的地區還要灰暗一點，就跟上星期的一模一樣。

雖然馬路上並沒有任何的水跡，但看來會下雨只是時間的問題。

大概是感受到光，坐在我旁邊睡著的月兒抖了一下，坐起身探頭望出窗外。

「……海？」不斷地擦拭著雙眼，她就好像看到新奇事物般地雀躍。

「嗯。」我點點頭，那是片光滑如鏡的藍海，一個很平常卻靜得有些奇怪的海。

巴士繼續在國道上奔馳了大概十多分鐘，我們抵達了目的地的旅館。

旅館看起來很普通，整座三層的建築都散發著一種很強烈的和風、簡樸的感覺。接下來的三日兩夜，我們整個學年級都要打擾這裡了。

當分配好房間之後，我們準備回房間先安頓好一切。

我卻看到世音好像一臉痛苦地坐在大堂的沙發上。

「幹嘛？」我好笑地推推她，「剛剛老師都說准許在這種天氣上沙灘耶，難道妳是覺得這班負責老師，都太不負責任嗎？」

「嗚……這算是其一啦。」世音垮著臉，掏出一張紙，「冬司，你看這張房間分配表。」

這張紙是只有房間的房長才有的，讓房長透過紙上寫的找人。

如果問我房長是做什麼的，大概只是一個房間的代表而已吧？除了主要負責點名和匯報房間狀況外，我都想不到有什麼用處，反正都沒有硬性規定什麼，在別的房間玩通宵也不是問題，前提是要守規矩、別生事。

順帶一提，房間分配是四個人一間。

我那邊的房長是流馬，其餘的兩個則是隔壁班的男生。

幸好還有流馬在，不然我大概會感到有點慌，畢竟多年來，我都被自己養成了怕生的性格，也因為這點，我連朋友之間的交流和卡娥絲口中的所謂的攻心計都看不透。

我望著世音遞給我的分配表去，上面寫著蛋白、利莉和卡娥絲。

「……這什麼鬼啊！」我忍不住翻了個白眼。

「嗚、嗚——只照顧蛋白是還很好啦，但我記得以前的利莉只要逗她興奮起來，面對的根本就是地獄，而且重點是流馬不在耶！卡娥絲還好，不過她一副高高在上的性格，雖然平常我都可以有辦法應付她……但，為什麼房長一定要交給我去做？」

……跟三個不是人的女生同房，不是一個很好的體驗嗎？

這句話我差點就想用戲弄的語氣脫口說出來。

不過為了保命，我還是說一點平常言論出來好了。

「照平時去面對就好了啦。」我打氣似地拍拍世音的肩膀。

「嗚、嗚——就因為平時有你們才能夠好好去面對他們啊。」世音顯然已經快崩潰地哀嚎。

我心不由自主地嘆了口氣來，正想脫身先回到房間時，卻看到月兒一直站在沙發旁，用不知所措的眼神望著我看。

「……媽。」她小小聲地喊著。

「怎麼了？」我關心地看著她，不忘提醒：「還有不要再叫我媽囉……明明說過，最近又變回這樣子了。」

「……不同房間喔。」月兒幾不可聞地說道。

「那當然的吧，畢竟男、女是不可能編在一起。」

「……為什麼不可以？」月兒的表情快要哭了。

「因、因為啊……」

……我該怎樣回答啊？

我看著月兒無知的表情，實在不知道怎麼解釋。

世音終於看不過去了，在月兒的耳邊小聲說了些話。

然後，月兒的臉頰頓時紅透了，兔子耳朵也筆直豎起，最誇張的是，她連正眼都不敢看我一下了。

「那個……妳跟她說了什麼？」我盯著世音，有種不祥的預感。

「嗯？那算是很平常的事吧，不是嗎？」世音輕描淡寫地說道。

「等等，可以說給我聽嗎？」

世音微微一笑，在我的耳邊說道：「因為會擔心男生會對毫無防範的女生做這樣的事和那樣的事，才會有這種的制度啊。」

「喂！我可不是這樣的人啊。」我差點就叫了出來。

「天知道，替蛋白買泳裝時，冬司居然要求人家穿內衣給他看……」

「那是誤會……誤會啊……」那時的我只打算脫身，就這樣而已。

「其實，人家是沒所謂的喔。」

「欸？」我愣是說不出話了。

「說笑的啦，我當然很信任冬司的。」世音拍拍我的肩膀，「跟你傾訴之後，我輕鬆許多了，我會像平時一樣面對他們的。蛋白就放心交給我照顧吧，還有一會直接去海邊了囉。」

「哦。」我點點頭。

老實說我很能體會世音的感覺啦。

雖然平常就面對著「不是人」的人，如果我是世音的話，的確還是會有點不知所措，特別是面對著利莉——那個只要讓她興奮就會很瘋狂的利莉。

可想見如果一切如無意外，今天直到晚上，利莉的心情會持續 High 起來吧……

天空依舊是灰白色的。

不過，久違的陽光突然變得鬆散的雲層之間照射過來，地上的影子也變得愈來愈清晰，看來，天氣會有轉好的跡象了吧……

我踏著沙灘走到海邊。

人潮比想像中還要少，看來因為天氣不穩定的關係，其他人都不太敢跑來玩。

我從階梯望下去，很快就看到熟悉的身影。

「怎麼了啦？世音呢？」我向那個身影走過去。

一早就換上黑橘相間紋泳裝的月兒，一個人抱著雙腿坐在沙灘上，仰起頭望著我，但她的雙眼是水汪汪的。

「……嗚。」她跳了起來撲進我的懷中，除了兔耳，帽子的尖角和她的雙耳都頂著我的下巴。

「很怕曬嗎？」我稍為調整了下帽子的位置。

月兒搖著頭。

「我來之前都塗了防曬油了嗎？」我打量著她的臉，兔子可是很怕曬的啊。

「……嗯。」她點點頭，雙眼還是水汪汪地一副要哭不哭的樣子。

「發生什麼事啦？世音呢……咦？」我抬起頭望著四周，就看到世音拿著一個大泳圈走過來。

「你總算出現了啊。」世音懶洋洋地抬手跟我打了個招呼。

「這個，是妳用的嗎？」

奇怪了？我明明記得世音是會游泳啊……

「啊？不是啦，這個是從那邊租來給蛋白用的。」世音解釋。

「咦？」我看向伏在我懷中，一直抖個不停的月兒。

「慢著，我倒是想知道剛剛在發生什麼事？」我先把月兒推開。

「剛剛啊……我們打算先下水等你來的，結果，這傢伙腳一碰水就怕得直奔回來這裡，然後怎樣拉再拉不動了。」

「呃，妳沒有跟月兒泡澡過嗎？」

世音搖了搖頭，「畢竟在你家洗澡，會讓你的負擔更重吧？」

雖然靠平時的薪水和父母親留下來的錢，都足夠我的日常，間或也可以跟流馬去電玩中心晃晃，但自從月兒來了之後，支出開始大了，再加上我只要有多餘的時間，都拿來陪著她的身邊，打工的時數也不得不縮減。

不過，幸好平常都在世音的家吃飯就是了……不是在吃軟飯啦，我也有給家用的。不過世音的媽媽每次都在收家用時，到現在都好像還是不習慣的樣子。

「妳真好啊。」這是我的真心話。

「笨蛋，你說什麼傻話啦！」世音拿著游泳圈走向月兒，「快點下水吧，還有你做好熱身了沒？塗好防曬油了沒？」

在我還未回話時，她已經硬是為月兒套上泳圈，把防曬油丟給我後，就拉著月兒下海了。

月兒雖然不太願意，但還是一步一步硬著下水。

「那個世音，妳真的要穿成這樣下水嗎？」我站在沙灘上喊道。

「對啊，別看這件T恤，其實也是泳裝的一部分喔。」

現在其實沒什麼陽光，只是下海浸一下水沒關係吧……我想了想，也就仿效世音直接穿著T恤下水了。

「不用緊張啦，冷靜下來妳的腳一定可以碰得到地的。」世音按著月兒的肩膀。

但每次冷靜過一秒之後，月兒還是會手腳亂揮，即使有游泳圈輔助，她的身子依然亂動過不停。

明明她只比世音更嬌小一點，雙腳都可以碰到地的。

「好了啦！抱緊游泳圈就沒事了囉！」我抓著她的雙手，硬是放到泳圈上再按著，濺起浪花一直打到我們的臉上。

大概因為我的關係，月兒沒再有明顯的亂動，只是一臉驚恐，全身不停發抖。

「呼……」世音鬆了一口氣：「看來只能就這樣一直浮在這裡了。」

我瞟了她一眼，「咦？難道妳想長泳嗎？」

「不，我才沒有那種體力，就這樣就好。」世音敬謝不敏地說道。

「不會悶嗎？」我認真地看著她，「妳也可以跟朋友去玩啊！」

「因為我說過要照顧好蛋白嘛。」世音彆扭地挪開了視線。

我還想說些什麼，一陣撥水聲打斷了我的話。

「原來你們在這裡啊……」走過來的是流馬，利莉也很乖順地跟著他。

「咦？利莉不怕水嗎？」我大為驚奇地望著他們。

「嗯、嗯哼——這、點事怎會難倒我……我？喵！」利莉的聲線波動得很厲害，已經不只是發抖的地步了。

「那妳放開流馬的手啊。」我不給面子的吐槽。

「你們根本就不知道，我原本的品種是魚貓，喵！即使碰到水都沒有問題……」利莉繼續死鴨子嘴硬：「嗚、嗚……泳圈！」

利莉撲上泳圈邊緊抱著，「水很深，喵！」

「這傢伙還是貓的時候，闖進沒水的浴缸都會怕得跳出來。」流馬在我耳邊低語。我聽到之後，不禁失笑了一下。

「啊——萬聖節快樂！」流馬朝蛋白笑了笑。

「現在才十月耶！」

「但蛋白卻打扮成這樣子……」流馬嘲笑地看著我，「雖然很可愛，不過一會是要去萬聖節舞會嗎？」

「你真沒禮貌耶！對了，明明同為房長，為什麼比世音還晚來？」我不客氣地賞了他一拳。

「怎麼？掛念俺嗎？要抱抱嗎？」流馬一副流氓樣地勾著我的肩膀。

「嗚……海水好可怕，不如先回陸上吃點東西吧？喵……」利莉抖著聲音建議。

「多留一會吧，才剛剛下水。」流馬立即回答。

「嗚……」這下連月兒也露出痛苦的神情。

「既然難得來了，妳們兩個就一起學游泳嘛！」世音笑著說道。

「嗚……我寧願回家泡澡喵。」利莉哭喪著臉嘀咕。

月兒也附和地猛點頭。

看來，她也懂什麼叫泡澡……

「那麼，來吧。先從泳圈出來練習踢水。」我說。

「咕……」月兒不滿地盯著我看，但是仍然硬著頭皮從我舉起的泳圈中走出來。

「嗯，乖孩子。」我摸摸她的頭，拿走了女巫玩具帽，「那麼，帽子我暫時先拿著吧。」

「嗯，妳們就抓緊泳圈把身體浮起再踢水吧……啊，利莉記著不要用指甲抓。」流馬吆喝道。

我望向流馬的右手。

雖然，他有提過那晚被利莉吻了之後而失控造成，但傷口到現在還這麼明顯，看來利莉的指甲不是一般的鋒利，如果那晚第一次戰鬥不是月兒治療的話……說到底，還是不要開罪貓好了。

「讓月兒替你治療一下不就好了嗎？」我推推流馬，指著他的傷口。

「不用啦……」流馬甩甩手。

雖然我說過很多次了，但他仍堅持不讓月兒治療。

我也拿他沒轍，不過，看來那一晚真的是多災多難哪。

「蛋白，放鬆一點就不會沉下去了。」世音游在兩人的身旁指引著。

「利莉也是。」流馬跟著喊道。

而我則一直抓著泳圈不要讓它溜走，一邊無聊呆望著他們踢水。
「那麼，就開始游泳吧。」踢了一段時間，流馬說道。
「嗚喵！」聽流馬這樣一說，利莉踢水的動作瞬間便停止了。
她用著嚇得壞掉的眼神望著流馬，抱緊借回來的泳圈。
「……都做到這樣子了，妳真的那麼怕水嗎？」我開口問道。
「我、我又不是那麼怕，喵。」她鬆開拿著泳圈的手，叉腰站著。
「妳不是自稱魚貓嗎？」我笑著調侃她，希望緩和她的緊張感。
可惜成效不彰，仍看到水面因為她發抖而濺起的水花。
「嗚——我認了！我只是隻普通的家貓，喵！」利莉抱緊了泳圈。
「是哦，那握著泳圈游吧，俺不會放手的。」流馬向利莉伸出了手。
「……喵。」利莉戰戰兢兢地握著流馬的手。
「就像剛剛一樣踢著水，俺會握著妳手向後走的。」流馬邊說，邊拉著她的手蹬水漂浮。
「那麼，蛋白也要試嗎？」世音偏頭看著月兒問道。
雖然可以拒絕，但月兒仍然點了頭，發抖地向世音伸出了手。
「冬司，你來吧，東西交給我就好。」世音朝我喊道。
「咦？」

「是你的話，蛋白應該會很放心的。」世音說著，領著月兒游向我。

「嗯。」我伸手接過月兒。

「冬司，快點啦！俺們打算就這樣游上岸啦！」

聽見流馬的吶喊，我往他們的方向望去，沒想到已經游得很遠了。

「世音，回去吧。」

「嗯，蛋白要加油喔。」世音朝蛋白揮了揮手，蹬水游出。

「嗚……」月兒含著淚，在我的引領下緩緩地踢著水往前游。

雖然感覺到她的手握得那麼緊，不過這種硬著頭皮也要完成自己不擅長的事，大概也是月兒最可愛的地方了。

在兔子的軟弱外表下，原來也埋藏著我也想像不到的堅定意志，縱使平常動不動會哭，仍然會努力完成眼前的事。

就這樣好不容易上了岸，一直不見的卡娥絲卻呆站在岸邊。

她身上穿的居然是學生泳裝。

現在看上去卡娥絲還真的很嬌小，而且平常的雙馬尾都放了下來了，金色的長髮隨著海風在半空中飄逸著。

先前，可能因為知道她的另一個身分，她又一直在指導我們，我平常都沒留意到，現在看上去搞不好她比月兒還要嬌小那……不過，她很強就是了。

「那個……妳在這裡幹什麼？」我上前和她打了個招呼。
「……啊？」她好像被我嚇到一般，立即仰起頭望著我。
「難道……妳也不懂游泳嗎？」我有些意外地看著她。
「呃……嗯，不過，我不像他們一樣是超級怕水的純種旱鴨子就是了！」卡娥絲有些彆扭地轉開頭，「我會主動去泡水喔！主、動、去、泡、水！」
這傢伙，有必要這麼急著辯解嘛？
「我什麼都沒說唷……」我不看她，以免不小心笑出來，「剛剛，妳看到了？」
「對！蠢死了。」卡娥絲狠狠地說道。
……不懂游泳也不忘取笑人不懂游泳？這傢伙的高傲真的是沒救了。
「別、別用這種眼神看著我啦！不懂游泳很可笑的嗎？」卡娥絲逞強地瞪著我。
我撥了撥黏在臉上的濕髮，沒打算回答這個問題。
「哼！我就下水給你這個笨蛋看喔！」卡娥絲說著就往海裡衝。
「慢著，妳應該餓了吧？不如先一起去吃點東西再下水好嗎？」我連忙攔住她。
「這一會之後再說吧！這種天氣一會之後都不知道會變成怎麼樣！趁太陽還在我要下水！」她一鼓作氣，真的跑下水去了。
「我又沒有笑妳怕水……」這傢伙居然氣成這樣子，真的很孩子氣。
「幹嘛啦？要去吃中飯囉？」流馬走過了來，搭著我的肩膀說道。

「說的也是。」我回答。

然後，我聽到卡娥絲在後面吵嚷著：「笨蛋笨蛋笨蛋！我只是想證明自己不怕水了啦！笨蛋冬司！笨蛋流馬！」

「你又刺激了她什麼……為什麼連俺都會無故被罵？」流馬朝我挑了下眉。

「我也不知道耶……」我聳聳肩，回頭望去只見到她雙手亂揮，邊跟著我們追上來，真搞不懂她在鬧什麼脾氣……

來到海邊角落的小食亭，我們一行人圍著餐桌坐著。

但卡娥絲的表情卻無比的陰沉。

「卡娥絲，其實妳可以不用硬跟上來啊。」我試著平復她想下水，卻得跟我們來吃東西的心情。

「不是這樣啦……」卡娥絲悶悶地說道。

「那妳怎麼了？」

「我只是有點覺得剛剛的事有夠丟臉……」

「啊……月兒想吃什麼？」我立即低頭看著菜單，沒有打算追問下去。

「……炒麵！」兔耳妹大聲地嚷著。

……炒麵？我放下菜單，用手指按著太陽穴。

雖然這幾個月來，月兒都吃我們平常會吃的東西，而且也沒有什麼事情或生什麼大病……除了那次吻了我之外。

不過兔子吃那樣的東西，真的沒問題嗎？

「冬司。」世音望著我看，「雖然我說過很多次了，但還是要提醒你，試著把蛋白當成真真正正的人類去看待吧。」

「那個流馬……」我看向流馬。

「嗯？」

「利莉她平常吃什麼的？」

「嗯……變成人類之後都跟俺吃一樣的。」流馬說道。

我不太敢置信地追問：「洋蔥之類的呢？我記得是不能吃的……」

「她有吃啊。」

「……當初你想殺了她嗎？」我又不禁按著頭了。

「是她跟著俺去吃的，俺也有阻止她啊。」流馬無奈地聳聳肩。

我望向利莉的方向。

「我要吃咖哩！喵。」

「欸？」

「這個我早就想試試看了喵！」

「那麼，在貓的時候呢？」
「會很想轉個頭跑掉喵，變成人之後，有很多東西都看起來超級美味的說喵！」
「……是這樣啊。」我繼續望回菜單。
看來不管樣子，連口味和胃袋都變成人了……魔法這東西很神奇就是了。
不久之後，整天都不見的艾絲和艾比也來了這裡。
平常總是看到穿校服的大家，現在看上去總覺得有新鮮感。
艾絲穿的是純黑色的比基尼，但穿著外套的她仍難以掩蓋她豐滿的身材。艾比則和卡娥絲一樣，也是穿著像是學生泳裝式的泳裝。
我單是看著艾絲，就不自覺入迷了。
冷不妨，左、右手的痛楚把我從呆滯之中拉回來，是月兒和世音用力捏著我的手臂，雖然不是很痛也幸好不是用指甲。
我斜眼看著他們。
他們都以不滿的眼神看著我。
我只好把目光盯回桌上。
「我可以坐下嗎？」艾絲走到流馬旁邊。
「沒問題。」流馬點點頭，隨口問道：「怎麼現在才見妳的？」
「嗯，剛剛房務的事都弄好了，總算可以抽空來到這裡嘛。」艾絲說著，就坐在利莉旁邊的空椅上，「對艾比來說，不來一下海邊太浪費了。」

艾比依著艾絲坐下，還是面無表情地樣子。

「說的也是。」

「咦？你們都點了東西了嗎？」艾絲看看桌上。

「妳來之前就點好了。」我說道。

「是喔……」艾絲也跟著拿起菜單看了看，神色自若地說道：「對了，流馬同學，一會有點事找你可以嗎？」

「他們呢？」流馬指了指我和卡娥絲。

艾絲笑了笑，「我有點事只想跟你說啦。」

桌子突然微微震動著，放在桌上的冰水上也顯出了些許波紋。

我望向利莉的方向，她就如我所想的一樣，整張臉變得比最近的天空還要黑。

「利莉同學也可以來啦，我沒有關係的。」艾絲不以為意地笑著說。

聽到這句話之後，利莉的臉色只比剛剛好一點。

「咦？艾絲妳平常都戴隱形眼鏡的嗎？」我不經意看了她一眼，才發現她的雙瞳，不是西方人的水藍色，而是像我們的深啡色。

「呃、嗯。」艾絲神情微變了下。

「有顏色的？為什麼要遮著呢？」

「你、你就不覺得明明擁有西方人的外表，雙瞳卻不是水藍色的很怪的嗎？」艾絲突然焦躁了起來。

我有說錯話刺激到她嗎？

「原來，妳是混血兒的啊？」流馬看著艾絲。

「嗯，爸爸是西方人，媽媽是東方人就是了。」

「真好呢！不過親生父母的特徵又為什麼要遮著？」我有點感慨地說道。

但是艾絲突然猛力拍了一下桌，引得四周人向我們投來關注的目光。

「有什麼好！就是因為那兩個人，特別是爸爸！」她失控地吼著，艾比把手搭在她的手上。。

「對不起，我有點激動了。」艾絲隨即住了口，重新冷靜地坐下來了。

「……那是很難以提起的事嗎？抱歉！」我有點不知所措地說道。

「嗯，不過說了也沒關係，我只是很討厭這個家而已。」她低著頭用力咬著下唇，雙手也緊握得慘白起來，「就只有老管家對我很好，也沒關係……」

我忽地記起她以前也向過我們提過門禁的事情，可能除此之外，她還承受著我們想像不到的痛苦吧……

我們實在不了解她，看到她這樣子也是第一次，總之，這種話題還是不要繼續下去了。

「冬司……」卡娥絲突然喊我。
「怎麼了？」
「一……一會兒可……可以教我游、游、游泳嗎？」
「可以是可以啦……」我不禁啞然失笑，學游泳就學游泳，有必要結巴成這樣嗎？
「約、約好了喔！」卡娥絲低頭拚命地扒飯。
「嗯。」
「咦？原來妳也不會游泳喔？」流馬用打量的眼神望著卡娥絲。
「跟、跟你有什麼關係！我只是想跟除了你以外的人一起游泳！」卡娥絲彆扭地抬高下巴。
「是嗎？還真失望啊……」流馬聳聳肩，難得沒有繼續出言挑釁。
我還以為他會藉機取笑卡娥絲呢。
「哼——」卡娥絲悄悄看了流馬一眼，低下頭，顯然真的不想向她的冤家露出丟臉的一面。
不過，每個人都會有不會游泳的時候啦，有什麼關係呢！
「不如我來教妳吧？卡娥絲？」世音笑著問卡娥絲。
但卡娥絲對她露出驚恐的表情，「不、不用了……冬司就好。」
「我也謝謝妳信任我啦……不過我知道世音其實沒有惡意的。」我忍不住好笑，怪只怪這傢伙平常老做些惹世音討厭的事，世音才會對她做出讓她覺得恐怖的舉動啦。

「真的不用嗎？」世音很認真地說道：「我一會反正也會跟上去的喔。」

「嗚……」卡娥絲低頭喝著冰水。

「……不要教。」月兒突然挽著我的手臂。

我勉強聽到她說的這句話，發現她噘起嘴看著卡娥絲。

「反正都一起玩啦，沒有關係吧？」我小聲地回答她，扶正她因為頂到我脖子而歪了一邊的女巫帽。

月兒更用力地抱著我的手臂，沒有再說話了。

到底月兒怎麼了啊？突然這麼排斥卡娥絲！明明平常，都首先為她治療傷勢的。

我只能苦笑。

流馬和我打了聲招呼，帶著利莉跟艾絲、艾比離開了。

我也跟著付錢，離開沙灘上的餐飲區回到海邊去。

「嗚……」雙腳方才一下水，卡娥絲不滿地叫了一下。

「妳剛剛都沒有下水來著？」我忍不住挑眉。

「嗯。」

「見到我們都不走過來？」我拉著她蹬水漂浮，隨口說道：「反正都很淺而已，那裡的話腳都可以碰到啊。」

「咦？」她睜大了眼睛望著我，「真的嗎？」

我失笑，「不然妳以為呢？」

「我還以為走到某一段，路就會開始凹進去變得很深、很深，腳好像陷下去一樣……」卡娥斯似乎心有餘悸地說道。

「只是那裡的泥土比較鬆散啦。」我說著，赫然感覺有水珠打到我的臉上。

我抬頭望向天空，僅餘的陽光終於消失。

天空的烏雲完全遮掩了太陽，水珠開始密集地從雲層掉下來，剛剛平靜的海面，也開始翻浪起來。

「還是回去吧……」世音站在沙灘上喊我們。

我點點頭，領著卡娥絲往岸上飄，「嗯，我想流馬他們應該也回去的啦。」

等我們回到岸上，世音拉起呆站著的月兒的手，比我們先行往旅館跑了。

但卡娥絲仍然呆站著，望著天空。

「我也能了解妳的心情啦……」赫然留意到卡娥絲的臉上掛著恐懼的表情，我整個人一愣。

「夏……洛克？」卡娥絲看著天空，從顫抖的嘴裡吐出了這個名字。

「妳在說什麼?!」

「為什麼天空……會有夏洛克的感覺？」

我猛然地仰起了頭，但卻什麼感覺卻感受不到。

「冬司，我、我有不好的預感……」卡娥絲轉過頭望著我，龍族的銳利瞳孔的深淵，正傳出無比的恐懼。

「妳在……說什麼？」

雨開始漸大，密集雨水令到我覺得寒冷。

我全身顫抖起來，不是興奮而是打從心底也恐懼起來。

此時我還不知道的是，就在離我不遠的海岸，一場徹底宣告現實殘酷的屠戮與背叛，正要開始上演。

「叫俺來做什麼？」

天色比剛剛更為灰暗，海風亦比剛剛的還要強。

流馬很想回去旅館，但被艾絲叫來的他卻陷入莫名的沉默。

「那個流馬同學，我可以問你一件事嗎？」艾絲只是望著海的遠方。

「咦？問吧。」

艾絲轉了個身，「你的願望是什麼？」

「願望？」

「就是那個老頭的遊戲勝利者，所得到的願望啊。」艾絲追問。

「嗯……」突然被這樣問的流馬，沉思了片刻才回答：「大概是，不想利莉再離開我的身邊，就這樣而已吧。」

「是嗎？」

「當初是這樣想的，但看到蛋白的存在，俺就猶豫起來了，俺該對她下手嗎？就算不對她下手，其他俺不知道的『操同使』們也會找上俺們吧？」回頭看了下不遠處的利莉，流馬笑著說：「所以，俺的確有對冬司他們下手過，但現在已經沒有這個念頭了。」

「咦？」

「因為知道每個魔法生物的前身，都是很愛自己的寵物，俺實在下不了手，而且，反正俺的願望算是實現了，這種生活應該沒差吧？」

「那麼，冬司同學會有向你提過他的願望嗎？」艾絲又問。

流馬沉默了一會，搖頭，「沒有。」

艾絲轉過頭回望著海，「那麼，你願意聽我的想法和願望嗎？」

「嗯。」

「不過在說之前，我首先想知道的是流馬同學你們真的會甘於現況嗎？」艾絲意有所指地說道。

「妳到底想說什麼？」流馬沉下了臉。

「就算我們一直維持著這種關係，萬一有日其他操同使找上門的話，我們該如何是好？遊戲應該終有一日會完結吧？每個操同使，總有一至兩個想要實現的願望吧？」艾絲說道。

「這種事俺沒有想過……」流馬面無表情地望著遠方。

「我喔，有一個很想、很想去實現的願望……」艾絲幽幽說道。

流馬長吐了口氣：「那個願望……俺們可以幫到妳嗎？」

艾絲搖著頭，「那是不可能的。」

「為什麼呢？」

「為什麼我會是女生呢？」艾絲宛若自語地呢喃。

「咦？」聽到這樣奇怪的話，流馬不由呆了一下。

「我有個弟弟。」

「喔？」

「我明明很努力地突顯自己，為什麼爸爸和媽媽都對我這麼冷漠呢？」艾絲迎著海風，身體微微顫抖，「為什麼永遠都只對那個弟弟那麼好呢？」

「他多大了？」

「比我小一歲。」艾絲說著，語調開始哽咽了，「從小我就一直在想，是不是因為我的家庭是重男輕女的關係呢？為什麼我是女生就不好呢？就算只有我一直有門禁的規則也好，什麼也好，我只是想得到爸爸和媽媽的認同而已……」

面對這種問題，流馬當然不懂去應對，只能強調：「俺們也可以認同妳的啊！」

「流馬同學，你知道嗎？」艾絲轉過身，「這次的合宿活動，我是被爸爸責備過的。我很辛苦才能夠來到這裡。」

「……」流馬開始語塞了。

「雖然很感謝你的關心，但我心中最渴望的，還是得到父母親的認同，又或者我的願望，也許就是想推翻這個傳統觀念，所以，流馬同學……」

「是的？」流馬微瞇起眼。

天空開始降下了雨滴。

「你可以協助我實現這個願望嗎？」艾絲回過頭，褐色的眼珠直視著流馬。

「有問題就盡量說出來吧，只要能幫的俺都會去幫。」

「謝謝你。」艾絲雙手擦著剛剛流出來的眼淚，赫然泳裝從胸口到腹部，微微發出藍光——

「流馬！喵——」利莉吶喊著流馬的名字，向他身邊衝去。

外面仍然下著大雨。

我回到房間後已經過了三十分鐘，而流馬幾個人依然還沒有回來。

到底他們幾個在幹嘛？

是因為雨太大的關係，所以被困在某處了嗎？

「我去大廳一下。」向室友簡單交代後，我離開房門往大堂的方向走去。

電梯門一打開，就看到世音和月兒在我面前經過。

他們身邊，還跟著負責帶隊的女老師。

「啊，冬司？」世音注意到了我。

「妳們在這裡做什麼？」我走出電梯問道

「我們打算跟老師出去找流馬他們。」世音頗擔憂地皺著眉。

「他們……」我神色微動，「除了利莉外還有誰？」

「還有艾絲和艾比。」

「這樣啊……」我轉向領隊的女老師，「老師，我也可以加入嗎？」

「雖然我也知道你很擔心他們，但參與搜索人數太多的話，我怕再有人失蹤，眼下，只要我們三個已經足夠了啦。」女老師說道。

雖然只有四個學生失蹤，但她顯然感到非常的懊悔允許我們去海邊。

「要找的話，只有我去就行了。」卡娥絲從電梯旁的樓梯通道走了出來。

「妳為什麼會濕成這個樣子？」老師驚訝地看著她。

她身上應該換穿過浴衣，卻反常地濕透了。

「我剛剛去了飯店頂樓的空中花園而已……」卡娥絲突然彎下腰，「老師，請只讓我出去。」

我從來沒有想過她居然會鞠躬請求，一時驚訝得說不出話來了。

「不行！如果只有妳出去卻失蹤的話，我怎麼向校長交代？」領隊的女老師斷然拒絕。

看來卡娥絲在學校的地位，連老師也不太敢讓她太過冒險而且非常珍惜她……想想也對，因為她看上去很弱不禁風，而且還是重要的文科之寶。

「對啊，就算是妳，這樣也太冒險了吧。」世音插嘴道。

「只是因為我是文科之寶嗎？」卡娥絲冷漠地看著領隊女老師。

「不是這個原因……」女老師解釋：「總之，我說不行就不行，我不想再有更多人失蹤了，」

「讓我出去。」卡娥絲的眼神突然變得異常銳利，那對不像人的細長雙瞳，現在看上去更為之明顯。

「……讓我出去。」卡娥絲踏出一步。

我的視線頓時一黑，反射性地舉起雙手保護著自己。

會、會被殺……現在的卡娥絲，就像是把會動的劍般，一碰觸就就會被殺。

「嗚……」一會過後，我睜大了雙眼。

世音、月兒和老師都同樣舉著雙臂，然而，什麼事也沒有發生。
我望向卡娥絲的方向，她依然慢慢地向我們迫近。
「我、我明白了！總之妳要……要小心喔。」受驚的女老師跌坐在地上。
「謝謝。」卡娥絲身上的氣勢突然消失無蹤，退了一步又道：「還有老師，妳可以不要加入搜索行列嗎？這是我第二個的請求。」
「為什麼？」女老師不解地追問。
「有些事，老師妳是不能知道太多的，如果硬要去知道某些事實的話……」卡娥絲的眼神變回了剛剛的銳利，「不管哪方面，妳都將會受到威脅喔。」
「我明白了。」受驚的女老師連連點頭。
龍族的魄力，絕不是所有人能夠支撐得住的。
「世音、蛋白還有冬司……」卡娥絲轉向我們三人。
「怎、怎麼了？」我也被嚇得說話結巴起來。
世音同樣驚恐地望著卡娥絲。
「如果我很久之後還沒有回來的話，你們可以來找我們嗎？」卡娥絲的臉突然變得焦慮起來。
「不用請求，那時我們一定會來找妳的。」恐懼一瞬間從我眼底退去，我認真地望著她，「我們不是已經跳過輪舞曲了嗎？」

「那我出去了。」卡娥絲說著，便跑出了門口。
這時世音也跟著跌坐在地。
「沒事吧？」我及時地接住了她。
「我真不敢相信，平常那麼親近人的卡娥絲居然會有這種樣子……」世音不住地喘息道。
「別怕，先去那邊沙發坐下來吧。」我朝月兒招手，「月兒，幫我扶著世音吧。」
她點點頭，就拉著世音的手到門口附近的沙發去了。
我則趕緊扶起了老師，把她扶到沙發上坐下。
「謝、謝謝你，冬司同學。」女老師藉著我的攙扶，總算坐到沙發上，整個人仍顫抖得很厲害。
外面的大雨仍然沒有絲毫停下的跡象，就連雨勢減弱的跡象也沒有。
我跟世音還有帶隊老師靜默在沙發上。
就這樣，時間一點一滴流逝。
我焦急地從沙發上站了起來，但很快又坐回去。
「都已經快要三十分鐘了……」世音憂慮地看著手錶。
我不停地抓著頭，嘴中發出納悶的吼叫，連卡娥絲都到現在還沒有回來……
到底是發生什麼事？

「情況，可能比想像中嚴重。」我吐出這句話，然後站了起來。
卡娥絲沒有回來，應該出了什麼連龍族也沒有可能解決的事。
「報警吧……」老師起身準備去通知另一位帶隊的男老師。
「不要。」我握緊了拳頭，「我出門找他們。」
「如、如果連你們都失蹤的話那就怎麼辦？」老師驚慌地阻止。
我淡定地望著老師，「老師，相信我，如果入夜後我也沒回來，到時妳就報警吧。」
「……怎、怎麼可以？」她焦急得快要哭了。
「我會讓事情圓滿解決的。」我雙手按著她的肩膀，希望她能夠冷靜下來。
「不行！我也有責任……」
「老師，請妳相信我，好嗎？」我再次肯定地說。
「冬司同學，答應我，你要回來。」老師幾度張嘴想說什麼，用了很久的時間才吐出這句話。
「一定！那麼我出去了。」我轉過身對月兒點點頭。
「冬司！」我和月兒準備跑出門時，世音叫住了我們。
我望向她。
「那麼我呢？」
我把視線挪開，實在不知道怎樣回應她……

「我、我也是你們的一分子啊……」世音急切地說道。
我看著她的表情，真切地傳遞像著她也想去援救的念頭，但是，太危險了。
「不行。」內心掙扎了很久，我轉開目光望著地上。
我們將要面對的，是連卡娥絲也回不了來的未知危險，如果讓世音也跟上來的，她有個萬一，該怎麼辦？
「為什麼？」世音失望地咬著唇。
「因為連卡娥絲也沒有回來，那代表危險性太大了。」
「我也參與了每一件事，我也想跟妳們並肩作戰，即使沒有魔法生物，但，為什麼就斷定我跟你們不一樣呢？」
我無言以對，也想像不到連世音都是我的敵人是個怎麼樣的情況？
世音看著我，良久嘆了口氣：「總之你們要回來！答應我，好嗎？」
「我答應妳。」我朝她投以一個肯定的感激的眼神。
「你們啊……」老師從沙發上站了起來。
「一定要回來。」世音拿起掛在門邊的雨傘，遞給我。
這把雨傘，看來是她唯一能夠幫到我們的事。
「嗯。」我從她的手上拿起雨傘。

跑出旅館後，我不停地往四周望去。
唯一我可以想到的地方，就是由海邊開始搜索。
跑去海邊那時，我隱約聽到爆炸的聲音在那個方向傳來。
「冬司……」月兒扯著我的衣角，指著海邊的方向。那裡升起了一陣黑煙。「為什麼沙灘會升起黑煙？」
難道……那是魔法造成的爆炸嗎？
「月兒，我不撐傘了囉。這樣會很礙事的。」
她點頭之後，我們就開始起步奔跑。
心中的不安無止境地擴張。我還真希望，這個時候利莉的加速魔法能夠向我們的身上施展。
你們千萬不要出事啊……

ch5

各自的願望

接近兩點半的天空，已經灰暗得像入了夜一般。
現在變得就像被颱風吹襲一樣。
穿著浴衣的少女，在冷清的街道上奔跑著。
平時束起雙馬尾的金色的長髮，現在放了下來，因為再次接觸雨水的關係全身更為濕透了。
「……到底你們在那裡？」她一邊思考著，一直往海邊的地方跑去。
直至察覺到同樣的感覺，她停下了腳步。
「夏洛克……你在這裡嗎？」為什麼你的感覺如此接近？
緊按著頭，卡娥絲仰望極度灰暗的天空，「維爾……對不起。」
她低喃這句話之後，浴衣背後的部分被巨大的翅膀撕開！
像惡魔般的翅膀拍動一下，卡娥絲躍上天空之中。
她第一次違抗了對維爾的約定，在人前展露翅膀，為了重要的朋友。
在天空之中，她確實地看到在海邊的另一端，流馬和利莉正在戰鬥。
但對手並不是夏洛克。
「不要！」她用力地拍動翅膀，高速往流馬的身邊飛去。
她要救他！
縱使他們關係不好，老是在爭吵，但在半龍少女的心中，這是唯一的，與大家都自在交流的方式。

她並不是很認真地想責罵流馬。

她只是習慣了跟流馬吵吵鬧鬧的生活。

雖然也能用平常的方式溝通，但，她很喜歡用這樣的方式跟他交流。

「就算你實現了願望，甘願以這種生活方式活下去，並不等於別人也跟著妥協。」狂風呼嘯、波滔翻湧間，艾絲雙目圓瞠猙獰地俯視流馬，眼神中，充滿了濃烈的殺意。

「為什麼會連操同使都同時獲得力量，看著你們我總算明白了一點。」手腕向下一彎，她的拳頭上伸向流馬，空氣像熱浪一樣流動著，形狀宛如一把隱形的刀，「如果他們無法下手的話，這種工作就交給我們吧！」

「原來所謂的幫忙，原來就是這樣嗎？」流馬翻身一躍，避開拳勁的同時，人也從水上站了起來，「所以，剛剛說的都是假的囉？」

「你還有閒情逸致管剛剛的話嗎？」艾絲笑了，表情一如往常地平易近人。

「曾經俺也像妳一樣，我向冬司出手也差點死在他的手中。」流馬啞聲說道，雙手開始冒起黑色的火焰，「但現在的俺並不像妳，他也是！」

冒著黑色火焰的拳頭往艾絲揮去，瞬間炸飛隱形的刀身。

「換句話說，你只是失敗者而已囉？只是因為冬司手下留情而活到現在？」

看不見的刀芒向橫一擺，架住了眼前的黑色火焰，艾絲嘲弄似地輕笑：「持續型魔法啊？那我就看你維持多久囉，艾比——」

「利莉——給我魔法！」流馬往後一退，「冰之幕。」

放棄了黑色的火焰，他雙手轉為漸漸凝結成形的黑色冰塊，向天空一揮！

冰塊轉為冰碎密集地往艾絲飛去。

然而，艾絲四周卻形成一個沙塵暴，將黑色的冰碎捲入風暴中，同時，艾絲彎身一躍衝出了風暴，往面前的流馬襲去。

流馬把手上僅餘的冰塊再次射向艾絲！

然而，艾絲只是把有著隱形刀刃的手伸出一擋，頃刻間，冰粒都附在刀刃上。

而就在流馬以為自己將會受到攻擊時，發動過加速魔法的利莉衝進他們之間，伸出右手緊握著艾絲的右腕！

對準流馬的隱形刀刃，隨著拳頭鬆開而消失。

然而，艾絲在另一隻手也形成了隱形的刀刃，以挑斬的形式往利莉砍去！

利莉當然不可能沒看見，還在加速狀態的她比艾絲的速度還要更快，一瞬間閃過那一擊，同時，左手的指甲一起往艾絲的胸口劃去！

艾絲仍然及時把身子往後一彎，只是濕透的外衣被利莉的銳爪劃破少許。

而就在雙方交手之際，流馬當然沒有因這個空檔而稍為休息。

只見暗紫色的光芒在胸口閃爍一下，他的右手也跟著形成刀刃，但不像艾絲那樣的清澈，而是一把混沌的黑色刀刃。

他縱身往艾絲砍去，以求一刀制止她。

一直在旁邊觀看的艾比見狀，瞬身擋在流馬面前。

流馬因此停止了動作。

「很抱歉，我不能讓開。」黑色的眼眸凝視著流馬。

「嘖。」流馬身影一晃，打算繞過艾比前往艾絲身邊支援利莉。

艾比舉腳向流馬的側腹踢去！

流馬並沒有使用刀刃抵擋，而是把右手也擺到左側腹硬吃下艾比的一腳。他並不打算傷害艾比，所以用空手擋下。

然而艾比這一腳踢中了流馬的右手，看似很輕的踢擊，卻令流馬感到宛如與奔馳中的人相撞般，無比的疼痛。

他咬緊了一下下唇，雙手明明連同黑色的刀刃高舉。

只要把艾比一併制伏就好！流馬是這樣想的。

然而，艾比卻立刻把張嘴往流馬的咽喉襲去。

狼種的動物都有攻擊敵人咽喉的習性，以求敵人因為窒息死亡。

艾比雖然沒有把對手置於死地的念頭，但本能的驅使，使她下意識地這樣發動了攻勢。

流馬見狀，本能地以雙手保護自己。

但他的右手卻因為剛才的踢擊而發麻，只能用左手防禦艾比的撕咬，頃刻間，慘叫聲也跟著響徹整個海灘。

「流馬！」聽見流馬的慘叫聲，正與艾絲僵持不下的利莉用力把艾絲一推，轉身往流馬身邊跑去。

眼看利莉背對著自己，艾絲自然不放過這個機會，她重新拿穩重心，左手握著刀刃，隱形刀刃像被雙手握劍般一舉，然後往下一劈！

「啊！」救主心切的利莉背部被砍了一刀，慘叫的聲音也跟著發出。

她無力伏在岸邊，再動也不動，海浪有時會淹浸到她的頭再退去，再加上水位漸漸上升，利莉溺斃只是時間問題。

「完結了吧……」艾絲收回了刀刃，冷眼旁觀。

「利莉！」流馬吼道，強行用著發麻而動彈不得的右手形成黑色的刀刃，往艾比一砍！

黑色刀刃確實地劈中了艾比的身體，但卻出奇地被彈開。

突然受到攻擊的艾比呆滯了下。

流馬趁隙朝她的腹部一踢！

艾比整個身子跌坐在地上。

流馬立即向伏在上水的利莉跑去。

艾絲跨過動也不動的利莉，另一隻手再度形成了隱形的刀刃。

「別阻礙我啊——」急躁的流馬再看不見兩把刀，直接向艾絲發動冰之幕，試圖逼開她好靠近利莉。

艾絲的右手向前一伸，部分的黑色冰塊，就像剛剛一樣依附在隱形的刀刃上面，旋即被艾絲周邊的風暴吞沒。

流馬見狀，再度強行用依然發麻而動彈不得的右手形成黑刃，向艾絲斬去！然而，這種斬擊卻被艾絲輕鬆擋了下來了，同時用力地踢開了流馬。

流馬在水面上面翻滾了幾個圈，被海水嗆到而猛咳幾下。

他只能夠勉強地爬起身子，試圖再次使用魔法，但胸口的光芒愈來愈微弱，手心凝結的冰之幕的碎冰，也只是半固體的物體而已。

此刻，流馬絕望了……他再沒有方法能夠解決眼前的狀況。

他只能痛苦而無奈地看著隨時可能被大海吞噬的利莉，明明再次重聚不久，現在，又再次要再一次面對她的離開；明明成為了操同使，卻還是沒有保護她的力量……

難道……要這樣子完結了嗎？他不要……他絕對不要！但是他還可以做什麼？流馬猛力地搥著沙地。

而這種行為在艾絲眼中，只是無意義的鬧劇而已。

「我會好好看著你們別離的、痛苦的樣子。」她的眼神如此訴說著。

就在這時，在流馬身後，突然傳來物體高速墜落而發出了巨響。那股衝擊，就像有力的咆哮般，把利莉和流馬的身子連同一大片海水一起吹飛。

艾絲和艾比只能勉強承受這種衝擊。

「……那是什麼？」艾絲戒懼地望著揚起的沙塵。

只見飛揚的塵埃中響起某種像是拍動翅膀的聲音，瀰漫的沙龍捲中，隱約懸浮著一個嬌小的身影。

「住手！」卡娥絲高昂的頭、龍翼舞動，充滿殺意的眼神直射著艾絲，「不要傷害我的朋友。」

「真有趣呢……」艾絲在顫抖，因為龍族的魄力，她在顫抖，而後恐懼漸漸變成了興奮，「年輕的龍族啊……」

只要把眼前的「龍」幹掉，以後就沒有任何阻礙了。

這樣一來，願望就能夠實現了！

舌頭舔著嘴唇，艾絲瞬間發動了攻勢。

卡娥絲拍動龍翼，形成風刃擋下攻擊！

「死吧死吧死吧！」艾絲瘋狂般地揮砍著魔力形成的隱形彎刀。

「……為什麼，妳要這樣做？」凝視著艾絲，卡娥絲語氣顫抖地質問著。

但艾絲卻沒有回應她，只是不斷地發動攻勢。

卡娥絲龍翼鼓動，召引落雷逼開艾絲。

好不容易緩過一口氣的流馬，也越身加入戰局。

「流馬……」卡娥絲攔在他身前，頭也不回地說道：「你先救利莉吧。」

「但、但是……」

「艾絲我會來應付，快去救利莉。」風翼包裹住流馬，將他送離戰場，同時，卡娥絲的雙十合十，再分開成一個0字形，「金色獅雷！」

卡娥絲怒視著艾絲，然後把雙掌向前一推，剎那間，金色的雷高速擊向艾絲！

「主人！」艾比看到這個情況，閉起了雙眼。

只見艾絲的胸口也閃爍著藍色的光芒，居然就這樣硬吃下這記雷擊。

卡娥絲見狀，喝叫了一聲，整個人就像子彈般低飛到艾絲的面前，雙手一伸，抓住她的脖子，帶著她拔飛上空。

艾絲在半空中向卡娥絲一踢！

卡娥絲猝不及防間失去了平衡，抓著她脖子的手只得鬆開。

艾絲隨即落在沙地上一個翻轉，因為墜落而揚起了沙塵。

趁這個時候，流馬向因為剛剛的衝擊而昏迷的利莉跑去，抱起她暫離了戰線。「利莉！利莉……」他讓利莉躺到自己的膝上，輕壓著她的胸口。

利莉嗚叫了一聲之後，吐出了海水。

「流馬……喵。」利莉虛弱地叫著流馬。

察覺自己的大腿上沾滿了血跡，流馬向利莉的後背望去，上面有道頗深的刀傷，鮮紅色的血液仍然不斷地從猙獰的血口中冒出。

「對不起……」流馬眼眶泛紅。

「你沒事就好了，喵……」利莉強露出一抹笑容。

「利莉。」

「……喵？」

「很痛吧？不要再勉強說話了……」

利莉點頭。

流馬小心避開她背後的傷口，抱起她，「忍著點……我會把妳帶回去旅館讓蛋白治療。」

艾比看到這個情況，縱身一跳，落到兩人的面前攔下了他們。

「快讓開啊！」流馬怒喝。

「這是主人的命令。」艾比一咬牙，再度撲身往流馬的脖子咬去。

流馬伸出左手擋下。

被咬的痛楚傳到骨髓裡，但他仍然忍下了，而後漸漸地，發麻的右手再度可以動起來，他低喝一聲，魔法幻化黑色的火焰，燒灼自己的手連同艾比一起。

他記得冬司也曾經以冒著火的雙手，勒著自己的脖子而陷入瀕死的狀態，他忍受著痛楚，彷彿感受不到火焰的溫度般，拚命地釋放魔力。

他相信這樣可以持續著對艾比造成傷害。

然而，他的意識因為痛楚而開始矇矓，望著艾比的視線也開始模糊。

察覺流馬的情況，卡娥絲雙翼一振就要飛過去他的身邊，但半途卻揚起了莫名其妙的沙塵暴。

卡娥絲想衝破它卻被反彈回來。

她凜然回望著艾絲，「是操縱大氣的魔法嗎？」

艾絲並沒有回應，慢慢往她的方向走去，右手也架起了極細長的隱形刀刃，仔細一看形狀就像日本刀一般。

「為什麼妳要這樣做？」卡娥絲難以冷靜地質問。

艾絲依然一言不發，慢慢迫近卡娥絲。

「快說啊！」卡娥絲大叫，發出平常人不會發出的聲量，造成了一陣衝擊波，沙子表面形成一個凹陷的波紋。

艾絲停下了腳步。

而艾比也停止了對流馬的噬咬，被嚇得整個人都僵直起來。
流馬則因為這樣的吼叫而恢復了清醒。
「我只是想實現我的願望而已。」艾比臉上又露出了笑容。
「為了願望就能夠隨意殺害他人嗎？」卡娥絲尖銳地質問：「就一定要有生命的殞落，才能夠去實現願望嗎？」
「妳懂什麼！」艾絲喝叫著。
卡娥絲被震懾了一下。
「為什麼？為什麼我就一定是女人？女人不好嗎？為什麼家人就一定要把所有的愛，都給予那個混帳的弟弟？為什麼弟弟會對我這麼溫柔？那是施捨嗎？對了，那當然是施捨啊，父母的愛過多而施捨一點給哩！」
艾絲歇斯底里的叫嚷著：「我恨不得想殺掉他！但那又怎樣？爸爸、媽媽會繼續對我更冷漠，甚至……甚至會拋棄我啊！」
「就這樣？」卡娥絲怒不可遏地罵道：「只是因為這種幼稚的嫉妒心，就令妳萌生想殺害其他魔法生物的念頭嗎？妳這個笨蛋！明明最重視自己的人一早就在身邊，就算不計算妳的弟弟，那麼艾比是什麼？」
指著遠處正竭力完成艾絲指令、阻攔流馬的艾比，卡娥絲質問，「她是因為妳而變成人類了啊！她就是因為深愛著和認同妳，所以一直待在妳的身邊啊！這樣，妳還是不懂嗎？」

「……艾比嗎？」艾絲淡淡微笑，「那我就坦白說出來吧！從我知道勝出這個遊戲的勝利者，可以實現任何一個願望的那刻開始，我打從心裡都只當她是一種工具。她本身只是一頭狗而已。我沒想到那晚把髒兮兮的她撿回來，是一項很好的投資啊！」

聽到這番話，遠處的艾比沒有回頭，身子卻不住地顫抖。

「妳瘋了！」卡娥絲冷冷說道。

「瘋？」艾絲輕笑，「妳知道一手把我養大的人是誰？是我的管家！一個外人，他算是什麼？一個從小到現在見得最多次的陌生人，一個聽我爸爸的話，所以會關心我的陌生人而已！

「不過，原來上天對我也不壞呢！因為爸爸想把我徹底改造成一個男生，強迫我學男生學的東西，而一切都沒有白白浪費時間啊！」

揮手一彈，隱形的刀刃砍向卡娥絲，「我要把阻礙我的東西一併破壞掉，然後，實現破壞重男輕女這個可笑的混帳道理！」

「那個管家根本就很關心妳！」擋下刀刃，卡娥絲憤怒地回擊，「艾比也是真誠地愛著妳，默默地待在妳身邊幫著妳！明明不是家人也好，真心對待自己的人就一直在自己的身邊，妳卻不懂珍惜！

一種生物想成為人類去大膽去愛妳，妳根本就不懂那種機會是有多難得！物種不同的痛苦，妳根本就不懂！」

「愛？妳在說什麼？」艾絲冷酷地說道：「由頭到尾我所追求的只是家人的認同；由頭到尾我想追求的只是破壞重男輕女這種傳統觀念，愛？那是什麼？只是浪費時間的玩意而已。

動物對自己的愛很重要嗎？充其量只是寵物，一種愉悅自己的工具而已！而且，妳又怎會明白想要去實現一個不可能的願望的那種心情啊！」

「艾絲。」流馬抱著利莉站了起來，「妳知道妳正在傷害在場的，真心對待妳的人的心嗎？艾比忠實地回應妳任何無理的要求，就算她知道要傷害自己的朋友，也硬著頭皮去做，但，妳卻只當她是工具？

他們明明就是因為愛著我們而變成人類的存在啊！什麼願望、什麼執著只要轉一轉個角度，什麼都不再是一個問題，就算老頭的說話，也可以去違反啊。」

「那你又明白冬司的願望嗎？你知道他有多想令到家人復活嗎？你知道他的家人有多想再次出現在他面前嗎？」

艾絲冷冷地望著流馬，「冬司跟我很相像，我們都失去了家人，都渴望能再重溫家人的愛，就算沒有我，他肯定也會在某一日把利莉殺掉，把其他魔法生物一併殺掉的！」

「妳錯了！冬司不是這樣的人。」流馬大吼：「俺知道冬司也一樣深愛著蛋白，因為他早就把蛋白當成自己的家人一樣的看待。自從蛋白來了之後，原本平靜而陰沉的他，改變了很多，就是因為愛去改變了一個人啊！」

「你懂得什麼？」艾絲冷喝：「你又不是他？你憑什麼代替他發言？」

「這不是我說的！」流馬說道：「這番話是在那天，他知道蛋白曾經是自己照顧的兔子後，確實告訴俺的！妳才是根本不懂！」

「荒謬！」艾絲冷冷下令：「艾比，殺掉利莉！給我向利莉發動最後一擊！」

艾比回頭看著艾絲，目光呆滯了。

但最後她仍然吐出了那句：「是的，主人。」

她轉過身，面向著流馬，就算聽到那番說話之後，她仍決定不帶任何眼淚，不帶一絲迷惘去執行艾絲的命令。

「清醒一點吧，艾比！」流馬無奈地喊道。

「主人永遠都是……我的主人。主人的命令……是絕對的。」艾比艱澀地強調，儘管在說這番話同時，她也在對自己說的說話感到懷疑。

但，她仍忠心地實現主人的要求——把利莉殺掉。

……這樣不是很好嗎？這樣主人可能會變得更愛自己吧？剛剛主人的說話，應該是假的吧？只要完成主人的命令，主人應該會更愛我吧！

她這樣催眠著自己，慢慢地向流馬迫近。

流馬深吸了口氣，運動魔力試著模仿艾絲剛剛使用的沙塵暴，趁著微弱的沙塵暴捲起時，向後逃跑。
他深知如果再使用魔法，將會對利莉造成更重的負擔，在傷勢這麼重的情況下，利莉可能會因此死亡。
但他只能以這樣的方式，不斷製造機會往後逃跑。
「快點來吧……冬司！」他在心中一直這樣祈願著。
卡娥絲很想去救流馬和利莉，但眼前的敵人卻不容許她有一絲破綻。她必須全神留意艾絲手上那一把明顯在流動的、空氣凝聚的隱形刀刃。
「那麼，我們的回合就再開始吧。」冷喝一聲，卡娥絲再次雙手合十，形成一股金色的電流，再向艾絲的面前擊出。
但艾絲卻感覺不到剛剛的魔力流竄全身的感覺，身上的符文也沒有發光。她向旁邊向前翻滾，金色的電流擊中了地面。
巨大的風暴影響了艾絲的前進路線。
卡娥絲口中低吟著，雙手手背形成了一個結構複雜的紅色魔法陣，飛向艾絲的方向。剛剛站穩的艾絲，無暇注意到卡娥絲的動態，瞬間腹部被卡娥絲重擊了一下。
「咳！」艾絲難忍著想嘔吐出來的感覺，再站穩身子，雙手的刀刃因為分心而消失了。
卡娥絲著地之後站好步伐，再次一躍——這次是擊中艾絲的背部，然後是右腳、大腿，最後是臉頰。

在暈眩之間艾絲也留意到，她剛剛被卡娥絲擊中的地方，都有跟她雙手手背同樣的紅色魔法陣。

卡娥絲的雙手張開，向艾絲伸出了雙手，四個火球各自在紅色魔法陣的前端，以螺旋的形式形成。

「流星炎語。」卡娥絲就像唸咒般低喃。

然後四個火球高速地往艾絲的方向撞去，猛烈的爆炸聲，就在艾絲連慘叫聲來不及發出的時候響起。

沙因為爆風而揚起了塵埃。

「結束了。」卡娥絲這樣說道。

她已經放輕了魔力的控制，但聽爆炸的聲音就可知這招的威力仍然很大！艾絲絕對不可能抵擋得住。

卡娥絲有這樣的自信。

然而出乎意料，艾絲的身影卻自塵埃中再度出現。她依然毫髮無傷，泰然自若地從沙塵中走出來。

「什、什麼？怎麼可能？」卡娥絲愣了愣，隨即鼓動龍翼打算飛起來，在艾絲不能觸及的天空繼續進行攻擊，同時支援流馬。

「妳的翅膀很礙事。」艾絲冷冷說道，雙手向橫一舉，極長的刀刃再次形成，朝卡娥絲的龍翼向上一砍！

「嗚！啊啊啊啊啊——」一半以上的巨大龍翼被切開，卡娥絲隨著慘叫墜落在地上，鮮血宛如湧泉般不停噴出，身上的浴衣和金色的髮絲，都被她的鮮血染成紅色。

「原來，龍的血也是紅色的啊。」艾絲笑了，慢慢地迫近了卡娥絲，「這樣一來，最大的阻礙順利解決了。」

隱形的刀刃恢復到一般的長度，艾絲雙手交握高舉在半空上。

卡娥絲停止了哭叫。

她呆望著舉在天空，臉上不期然浮現一抹欣慰的笑，心中閃過一張熟悉的臉孔。

……夏娃，我終於要去找妳了。

她心想著，而後閉上眼睛。

「結束了……」刀刃下劈，艾絲臉上流露出滿足的笑意。

就在這一瞬間，紅色的魔法陣在艾絲的腳下形成！

驚覺到這種情況而收起魔法刀刃的艾絲向後一跳，然後，巨大的火柱衝上天空。

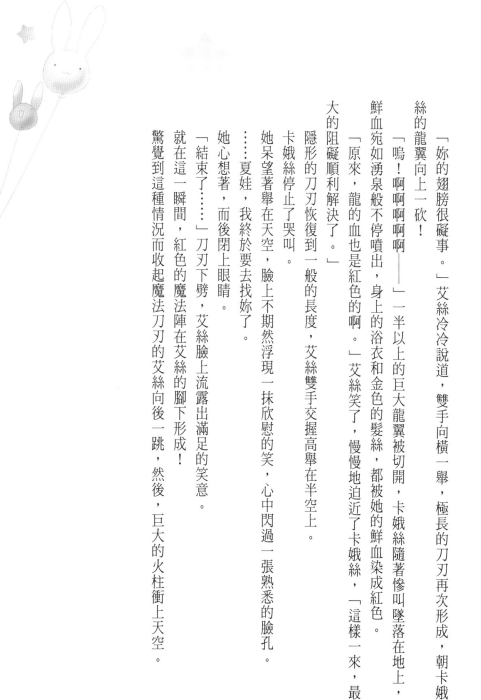

ch6

存在被抹去

趕來到海邊時，我正好目睹卡娥絲的翅膀被某種力量所切割開，而艾絲懸浮在半空中、高舉著長刀！

那一瞬間，我完全肯定這裡發生的事，全都是艾絲一手策劃。

我想也不想地衝到沙灘上，伸出左手，想像在艾絲的雙腳下有個火柱直衝上天的景象，剎那間，現實所發生的事回應了我。

火柱逼退了艾絲的攻勢。

我連忙跑到卡娥絲的身邊，抱起了她。

「沒事吧？卡娥絲……」我焦急地呼喚著她，不期然地，一股溫暖的暖流傳到我的手臂，我凝神一看，才發現我的雙臂及衣服都被她的血給染上了鮮紅。

……這就是龍之血嗎？和我們一樣是紅色的。

「冬司……」卡娥絲總算張開了眼睛，虛弱地叫喚我。

這時，月兒也趕了過來，不需我示意便拿起卡娥絲的翅膀，把它接合在一起，隨即，白光包圍了切開的位置。

卡娥絲慘叫了幾聲後，白光逐漸湮滅。

月兒跟著進行另一隻龍翼的治療。

好不容易，總算一對翅膀全接合在一起後，軟弱地攤在沙上然後慢慢收起。

「……謝謝。」卡娥絲虛弱地倚入我的懷中。

「為、為什麼妳會搞成這個樣子？艾絲她在做什麼？」我沒想到艾絲會跟卡娥絲打起來，更沒想到身為半龍的卡娥絲如此強悍，翅膀竟會被人砍掉。

「那個瘋子！她為了實現願望而開了戰……」卡娥絲喘著氣說道。

我一愣，連忙環顧四周，「流馬呢？」

「他在那邊……艾比在追他！」卡娥絲指著遠方沙灘，「我救不了他……」

「我明白了。」我望向另一邊。

流馬正抱著利莉不斷後退，而艾比正在追趕他們。

我望向艾絲的方向。

她正從海面上站起來，顯然也留意到了我。

而後，她的目光冷冷地落在我身邊的卡娥絲和月兒身上。

「我要保護他們、要阻止艾絲……」

心中念頭一閃，我伸出了手，想像著艾絲的身邊揚起了紅色的粉塵，以最不傷害她的距離將粉塵引爆！

空氣之中接連發出無數的爆炸聲，我趁機抱起卡娥絲，全力向流馬的方向跑去。

「月兒。」我讓月兒先出手支援，自己全力防範著艾絲的追擊。

月兒向艾比伸出手。

白色的雷擊擊中了艾比，然而艾比並沒有避開攻擊，全身抽搐了下後跪倒在地上。

「沒事吧？」我趁這個機會越過艾比，奔到流馬身邊。

「俺等了你很久了。」流馬笑了笑，臉上的神情一鬆。

「利莉她……」我跪下來看著利莉的背部，那裡有一條很深的血痕。

我正想詢問她的狀況，又留意到流馬的雙手和大腿都沾上鮮血。

趕到過來的月兒大概留意到我。

她也跪了下來撫摸著利莉的傷口。

利莉細聲哀鳴了幾聲，傷口立即癒合起來，就像沒有發生過什麼事一般。

但利莉沒有醒過來的跡象，表情只是沒有了剛剛的痛苦。

「蛋白謝謝妳。」流馬長吐了口氣，由衷感謝。

「能自己站起來嗎？」我望著卡娥絲。

卡娥絲無力地點頭。

我放下了她，抬頭望著不遠處的艾比。

「冬司少爺……」她不知所措地望著我。

「我並不是妳的什麼人，不需要這麼叫我。」我走向艾比，「我知道妳的主人是誰，也知道，妳是不想做這些事的。」

我知道艾絲就站在我的背後，而我眼前的魔法生物所注視到的人，從來，就只有艾絲而已。

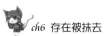

「看來，我一直的不安都是事實。」我苦笑。

「那，又怎麼樣？」艾絲從我身後竄過，站在艾比身旁向我伸出了右手，「我們，是同一類人呀。」

「同一類人？」

「我們都是失去了家人，都渴望再感受到家人的愛和認同，我們是同一類型的人？不是嗎？冬司同學。」艾絲向我露出了微笑，「我們合作吧！」

「合作？跟妳？別說笑了，我們那裡相像？」我搖搖頭，完全不覺得她說的話跟我有共鳴感。

「你也不是也有個很想實現的願望嗎？你不想你的家人能夠回來嗎？」艾絲望著我，溫潤的聲音顯得十分誘人。

「我的確很想我的家人回來……」這的確是我始終無法忘懷的渴望，我也曾為此動搖，但，「這種願望，我並沒有打算向那個老頭祈願。」

「為什麼？」艾絲驚訝地望著我。

「我當然很想我爸爸能夠復活，但人死不能復生。」我苦笑了下，垂下視線，「我想再見到我媽媽，不過，我要靠自己的力量去找到她，而不是靠犧牲其他人的生命，去實現這個願望。」

「……」艾絲幾度張口想說話，卻只能一臉無法置信地看著我。

「每個魔法生物都是因為愛著自己的主人才會變成人類的，他們因為老頭的關係變成了人類，但卻要面對不知何時來臨的死亡，再次的分離，為什麼要這樣？」

我真切地看著艾絲，「我跟妳不同。我的願望，只是他們能夠好好跟自己的主人們生活下去，就這樣而已。」

她愣了片刻，然後，她就像失心瘋般向著天空大笑，「冬司，別笑死人了，你的爸爸和媽媽，他們可是你的家人耶！動物是不能相提並論吧？」

「但，月兒也是我的家人。」我鄭重地說道。

「別開玩笑了！」艾絲怒喝。

「妳才真的是別開玩笑了！」我毫不退卻地望著她，「艾比是妳的家人，也是愛著妳、認同妳的人啊！明明妳本身對待艾比是很溫柔的，為什麼妳現在卻要命令她做不喜歡做的事？為什麼為了自己的願望而殺掉其他魔法生物？卡娥絲明明不計在其中，妳卻連她都傷害！」

「你懂什麼！你這個混帳男人！為什麼男人就是愛說這種話？一切都是你們的錯啊！如果不是重男輕女的傳統觀念，我會想實現這樣的願望嗎？我只想……我只想爸爸媽媽能夠認同我，我才更要想實現願望！

什麼他們也是……他們只是寵物！只是動物而已！他們只是協助操同使的工具！他們只是這場遊戲的道具！他們只是負責當被破壞的角色而已！」艾絲歇斯底里地叫嚷著。

「不是的！」我一字一字地強調：「他們也是生物！他們也擁有自己的靈性！他們，也有自己所想的、想做的事啊！」

「住口啊！」艾絲痛苦地按著頭。

「而且妳還有我們。」我誠摯地說道：「如果妳家人不認同妳，我們，也可以連同妳的家人的分一起認同妳。」

「混帳！你算什麼？憑什麼理直氣壯講這些話？」面容扭曲的艾絲緊握著自己的雙手。

我隱約看見了她的手上的空氣明顯地在流動，雨水因此而不規則地散開。

「我為了今日，為了要做的事，才準備了這麼大的颱風，這麼惡劣的天氣引開那群同校的人，但我卻做不了什麼！

很好！如果不該只是殺掉魔法生物的話，冬司，我就連你也一併殺掉！我把在場的男人都一併殺掉！我把在場的所有人都一併殺掉！我做不到的，我也不容許別人做得到！」

「妳瘋了！」我放棄了溝通，雙手冒起的火焰就像我內心的怒火一樣，即使下著大雨仍不會熄滅掉。魔法回應了我。

「啊！啊啊啊啊———」艾絲單手拿起刀，就像要西洋劍的一樣向我進行刺擊。

這種直線的攻擊，意味地只有衝動。

我側身閃過後，她的左手向我揮了過來，不知何時形成的不規則空氣，也跟著向我劃過來。我伸出右拳接下這一擊，包圍著拳頭上的火焰，就像抵擋著空氣般與艾絲的氣刃交錯著。

艾絲也跟著把身一轉，右手也跟著對我橫斬。

我伸出左手也跟著抵擋下來了，原本還以為會陷入糾纏的狀態，可，就在她抓到重心的同時，她把腳都踢過來，猛力踢向我的腹部！

我被踢飛倒在地上翻滾幾圈，連忙仰起頭望著艾絲。

她已經站到我的面前，表情多了幾分猙獰比剛剛還要扭曲。

她就像想拿刀插我般把雙手舉起。

眼看到氣刃朝下揮來，我想避開的時候，強烈的痛楚已從我的左腿傳來。

「嗚！啊啊啊啊——」我連聲慘叫，望著自己的小腿被氣刃插入，鮮血淋漓。

艾絲已經徹底呈現瘋狂狀態了，她不只想殺魔法生物，連人也真的想殺！

鮮血從腳上不停湧出。

我痛得快要昏倒過去時，一陣白光濃罩了視線，同時，我也感到被電流流竄全身的麻痺感覺。

當白光過去之後，我的左腿的傷口沒有了。

艾絲僵直著站在我的面前。

「不要傷害……媽媽。」

連心靈也憾動的聲音，正是月兒傳出來的聲音。

我轉個頭望著她。

她的身上被一片紅色的光芒包圍著，不止她周圍的光，她原本該是淡粉紅色的頭髮也變得緋紅，就連那原本碧綠色的眼眸也是。

而就在這一瞬間，我也感到我的胸口傳來澎湃的力量。

我的胸口正閃爍著同樣的緋紅色光芒，然後，數道紅色的雷貫穿了雲層，從天空之上擊到地面！

灰色的雲被開了數個洞，在雲洞之上是一片微染上霞彩的藍色的天空。

一直以來滂沱的雨勢開始減弱了。

「不要傷害媽媽。」月兒向艾絲慢慢迫近，全沒有了平常軟弱的感覺。

我也感到我自己在莫名其妙顫抖著。

「月兒……」我回過神來，呼喊著她的名字。

「嘿，呵呵……」艾絲自若地微笑著，「如果比魔力的話，我也有很多。畢竟，艾比是無限魔力的擁有人。」

「無限魔力？」我不由倒抽了口涼氣。

「就把眼前的兔子先殺掉吧？冬司同學的意見是怎麼樣呢？是好吧？對嗎？」艾絲笑了一聲，然後跨越了我。

「我怎能讓妳傷害月兒？」我立即撲上前，雙手各自扣著艾絲的雙臂。

「放開我！」艾絲身上捲起強烈的風吹向我，四周也被捲起了一陣沙塵暴。

我被吹飛，往後翻滾了幾個圈，正想爬起來時，艾絲已經往月兒的方向衝過去。

「不要啊！月兒快逃啊！」我急切地呼喊，運動魔力。

紅色的落雷不停打落地上，然而不管紅雷的威力看起來有多大，即使沙地被轟了幾個大洞，也擊中不了跑得異常快速的艾絲。

她奔馳過的身後，也因為她的「風」而捲起了一陣沙塵。

但月兒沒有要逃跑的意思，只是一直死盯著艾絲不停落下紅雷。

他們的距離愈來愈接近。

「月兒。」我使用魔法的話也會一併傷害到月兒，就連落雷都無法再施展。可惡！

「快跑啊！笨蛋！」流馬拚命地大喊，想折回援手。

但，來不及了……艾絲已經迫近了月兒。

眼看銳利的鋒刃就要貫穿她纖細的身體，就在這一瞬間，一個身影突然攔在月兒面前，用身體擋下了艾絲的突刺！

艾比……捨身保護了月兒？我訝然看著這一幕。

艾絲的氣刃貫穿了艾比的胸口，大量血液從傷口湧出來。

艾絲隨即停下了動作，手上的氣刃也消失了。

失去氣刃的支撐，艾比軟倒跪地。

「……妳在幹什麼？」艾絲接住她，跟著跪了下來，姿勢轉成抱著艾比。

月兒虛脫般跌在地上，霎時，緋紅色的光芒散去，我心中澎湃的力量也跟著消失不見了。

我走過去抱起了月兒。

「蛋白她……她沒事嗎？」艾比虛弱地吐出這句話，語氣聽上去更令人很心痛。她傷得很重，在說的每一個字都彷彿用盡了全力，但她關心的，居然是本來要戰鬥的敵人的生死。

「她沒事。」我抱著月兒，按了下她的脈搏後轉過身望著艾比，「她還有心跳。」

艾比向來沒有表情的臉上，露出了笑容。

「艾比，妳這是幹什麼？為什麼妳要擋下這一擊？為什麼現在妳還可以笑出來？」艾絲激動地叫喊著，但她的語氣聽上去沒有剛才的失控。

然而她開始嗚咽了……

我看到成串的眼淚滴到艾比的臉頰上。

「艾絲……主人。」

「……」艾絲抱緊了她。

「主人……真的已經不再愛我了嗎？」

「……」抱著艾比的艾絲開始顫抖，沉默不語。

「那麼，現在妳已經知道自己心中真正的想法了嗎？」我幽幽嘆息。

「妳以前對待艾比時，不就是像現在一樣地關切嗎？」流馬抱著利莉。

「艾比。」

「是的。」

「對不起……真的……對、對不起……」艾絲的心防終於潰散了。

「主人……不要哭。」艾比勉強抬起頭，本能地舔了舔艾絲的臉頰，「那麼主人，我可以聽主人的真心話嗎？」

艾絲沉默了良久。

到底她現在真正所想的是什麼？我已經不能想像了，但我相信，她即將說的話，會是埋藏在心底的事實。

「主人可以回答我的一個問題好嗎？」艾比仰著頭，純黑的眼瞳深深望著艾絲，「主人還愛我嗎？」

「嗯。」艾絲把艾比抱得更緊。

「真的嗎？」

「真的……是真的喔！」艾絲把頭埋進艾絲的脖子，「對不起，真的對不起……我、我現在才真正知道我做錯了什麼。

是的，我的確很想得到家人認同，但我現在才知道真正認同我的、真正關心我的，原來一直就在身邊。艾比，妳會沒事的！妳要忍著啊……」

艾比的身體開始散發著藍色的光芒，然後開始化為粒子般，全身開始慢慢消失。

「不要走！艾比……不要走好嗎？」

但殘酷的事實沒有回應艾絲心中的要求，艾比已經有一半的身體化成光粒。

「我很高興呢……」艾比舉起了顫抖的手，摸著艾絲的臉頰。

她的臉上並沒有痛苦的表情，而是幸福的表情。

「不要再說傻話了……」

「主人，對不起……我用這樣的方法測試了自己的主人……」

「不要再說了！」艾絲的臉上已經只剩下絕望的空洞。

「明明主人就是……絕對的呢……」最後一陣光粒散去，艾比消失了。消失之前的那一刻，她仍然掛著幸福的笑容。

雨後的微風吹了過來，藍色的光粒消失在虛空之中。

大雨已經停下，灰雲已經退去，剩下的，只有夕陽映照著我們。

「不要啊！艾比……」艾絲抬起了頭，望著飄散在虛空之中的光粒。

然而艾比的肉體已經消失得無蹤，艾絲抱著的，只是她遺留下來的泳裝。

艾絲無力地躺在沙上，昏厥過去，在她的眼角裡只剩下一道淚痕。

「在失去時，才更加明白自己真正想法嗎？」流馬苦笑。

我的腦海一片空白。

艾比已經離了我們而去，她的生命就化為流星一樣殞落在大地之上，願望……真的那麼重要嗎？真的值得去犧牲生命來實現嗎？

這就是所謂的……死亡嗎？

這樣的代價，太過深刻了。

「……回去吧。」卡娥絲放開一直緊握而發白的雙手，扶起了昏迷的艾絲。

她臉上的表情陰暗得難以形容，聲音極度沙啞，就這麼普通的一句話，卻像是硬擠出來的感覺。

回旅館的路上，我們的每個步伐都很沉重，每個步伐都很艱難。

月兒伏在我的背上。

她睡得很安穩。

沒錯……她睡得很安穩，我為此而感到慶幸。

當我們穿越大堂的門踏進旅館，老師和世音都跑了過來。

「到底發生什麼事？你們全身都是血耶……」一看到我們，老師無法遏止地尖叫了起來。

「只是有點意外而已，妳看我們都在動、都已經沒事了。」卡娥絲疲倦地敷衍著：「利莉和蛋白都只是太累，睡著了而已。」

「一會兒，我要徹底檢查你們每個人的狀況！」老師斬釘截鐵地說道。

「那我們這些男生呢？」流馬苦中作樂地開起了玩笑。

「我會叫同行的男老師進行檢查，對了，他們怎麼了？」老師緊張地望著呼呼大睡的月兒跟利莉。

「都說是累倒而睡著而已啦。」卡娥絲回答。

老師鬆了一口氣：「全部平安回來真的太好了。」

「全部？艾比呢？」我忍不住訝異地提醒，太奇怪了，明明艾比並沒有回來啊！

「艾比？那是誰？」老師歪著頭反問。

不可能……連她的存在都被抹殺掉了嗎？

這就是所謂的死亡嗎？

「世音，告訴我艾比是誰？妳應該知道的吧！」我試著問最熟悉我們的世音。

「那是誰啊？」她低頭陷入了苦思。

不可能……不可能的！

我無意識地抗拒著這個事實。

世音古怪地看著我，「怎麼了？艾比到底是誰？」

她的話，再度重複了那個沉重的事實。

我茫然無言，只能怔怔地望著卡娥絲與流馬同樣沉重的臉。

「總之搜索的工作辛苦你們了，我來幫忙扶他們回到房間吧。」老師對我們鞠躬感謝，與世音分別扶過利莉跟月兒。

看著這一幕，我更加不敢相信我現在面對的，正是太過殘酷的事實的一部分。

——to be continued

後記

這次就是第二本。

也是整個故事的中段。

如果有看過網路版本的話，這就是一直沒有更新的後續。

看過的，不知道您們會不會有一點印象在那裡就停止呢？

答中無獎喔！

大家好，我是竹日白。這樣就過了兩個月了啦，時間還真的太快了。如果以這種速度出一本書的話，明年二月如無意外就是最後一本了吧？

先講一些個人的壞習慣，就是關於寫作的。

在寫作的過程時，整個腦海之中最先浮現的就是文字，直到寫完開始改稿，影像才會開始冒出來，就是如此。

基本上我對每一個角色的外表，都幾乎沒有一個既定印象……所以，每次看到封面插畫，都會覺得有點陌生的。

在編輯叫我去做角色印象設定給畫師時，就會是整個人生中最痛苦的時間……

而且不知為何，最近突然被雙馬尾迷倒。也因為某個雙馬尾角色太吸引我，而在沒有追看頭幾本書的情況下，就直接無視了頭幾本跳進了那個坑。當聽到自己的第二本的封面將會是跟第一本的模式一樣的話，人物排位大概會是貓女利莉當封面主角吧。

——但我沒想到，這本書唯一雙馬尾角色的「半龍少女」，卡娥絲當上了封面主角！太幸福了啦！

如果是一般的情況下，我會把她在故事裡的待遇變得更好，但是稿子在已經完成了的情況下，大或中幅度修改中間劇情已經是沒有可能的事了（淚目）。

每次在改稿時看到那段戰鬥情景，我也會覺得很痛。

而且，很不習慣。

第二本的完成時間，是上一年差不多這個時候。

沒想到現在看回並改稿，都已經覺得很想找個洞鑽進去，甚至不停打電動逃避改稿（現在寫後記也是在逃避）。

我相信，如果真的推出現在手頭上另一篇故事的話，下一年的我修改稿件時，也會覺得丟臉到想要找個洞鑽進去吧。

因為壓力有點大，最近每晚都會輾轉難眠，而在第二早的學校課堂上都幾乎睡死。連

回到家裡都要睡多一點覺才會精神過來，導致……寫稿的時間都沒了，改稿改一改又快要12點，再次挑戰雙開根本就是大失敗。

那麼，下次再見！

竹日白

四、注意事項：

★ 投稿者之作品須有完整版權，繁簡體實體書出版權及電子書版權。
★ 請勿一稿多投。
★ 投稿作品如有涉及抄襲、剽竊等情事・無條件立即終止合約並針對出版社損害於予追究。

【輕小說畫者募集中】

三日月書版徵求各種不同風格的畫者，請踴躍提供參考作品及聯絡方式，審核通過後我們將與立即與您聯絡。

一、投稿插圖檔案格式：

★ 投稿格式。
1. jpg檔案，解析度72dpi，圖片大小像素800X600。（請勿過大或者太小）
2. 來稿附件請至少具備五張彩稿及三張黑白稿或Q版圖片
3. 請投電子稿件，不收手繪原稿。
4. 請在電子郵件中以「附加檔案」的方式將作品寄送過來，切勿使用網址連結。
5. 投稿作品請使用不同構圖之作品，黑白部分請勿僅以同樣彩色構圖轉灰階投稿，來稿請以近期作品為佳，整體構圖需有完整背景與主題人物。

二、投稿信箱： **mikazuki@gobooks.com.tw**

★ 電子郵件標題：「繪圖投稿：(筆名)」。
★ 真實姓名、聯絡信箱、電話及畫者的個人基本資料，若無完整資料，恕不受理。
★ 收到投稿後，編輯會回覆一封小短信告知，如3天內未收到編輯的回覆，請再進行確認唷。
★ **審稿期為7個工作天。**

高寶書版集團
gobooks.com.tw

輕世代 FW008
出包魔法使02

作　　者　竹日白
繪　　者　白冬
編　　輯　王藝婷
排　　版　彭立瑋
美術編輯　陸聖欣
出　　版　英屬維京群島商高寶國際有限公司台灣分公司
　　　　　Global Group Holdings, Ltd.
地　　址　台北市內湖區洲子街88號3樓
網　　址　gobooks.com.tw
電　　話　(02) 27992788
電　　郵　readers@gobooks.com.tw（讀者服務部）
　　　　　pr@gobooks.com.tw（公關諮詢部）
傳　　真　出版部　(02) 27990909　行銷部 (02) 27993088
郵政劃撥　19394552
戶　　名　英屬維京群島商高寶國際有限公司台灣分公司
發　　行　希代多媒體書版股份有限公司/Printed in Taiwan
初版日期　2012年10月

國家圖書館出版品預行編目(CIP)資料

出包魔法使 / 竹日白著. -- 初版.
-- 臺北市：高寶國際, 2012.08-
冊；　公分. --
ISBN 978-986-185-771-8(第2冊：平裝). --

859.6　　　　101013329

三日月

三日月